Irgendwas mit Möwen
Michel Kühn, Mona Harry,
Björn Högsdal, Stefan Schwarck,
Selina Seemann, Jann Wattjes,
Björn H. Katzur & Florian Hacke

IRGENDWAS MIT MÖWEN

MICHEL KÜHN, MONA HARRY,
BJÖRN HÖGSDAL, STEFAN SCHWARCK,
SELINA SEEMANN, JANN WATTJES,
BJÖRN H. KATZUR & FLORIAN HACKE

Erste Auflage 2024

Lektora GmbH
Schildern 17–19
33098 Paderborn
Tel.: 05251 6886809
Fax: 05251 6886815
www.lektora.de

Druck: OSDW Azymut, Lodż
Covermotiv & Illustrationen Inhalt: Mona Harry
Lektorat: Denise Bretz, Lektora GmbH
Layout Inhalt & Covermontage: Denise Bretz, Lektora GmbH
Printed in Poland

ISBN: 978-3-95461-267-3

INHALT

VORWORT

LENNART HAMANN UND HANNES MAAß

Beide:	Hallo!
Lennart:	Wir sind's!
Hannes:	Lennart!
Lennart:	Und Hannes!
Hannes:	HANNES!
Lennart:	Und wir begrüßen euch ganz herzlich zu »Irgendwas mit Möwen«.
Hannes:	Lennart, das hier ist ein Buch.
Lennart:	Ja, und?
Hannes:	Du musst uns nicht anmoderieren.
Lennart:	Aber wie fängt man denn sowas sonst an? Ich bin doch kein Literat!
Hannes:	Wie wäre es denn mit einer fesselnden Anekdote?
Lennart:	Es war im Jahr 1874, als …
Hannes:	Vielleicht mit einer Anekdote, die dir wirklich passiert ist? Und zumindest irgendwas mit dem Buch zu tun hat?
Lennart:	Uh, du meinst wie damals, als ich den ersten Kieler Taufliederwettbewerb zwischen Björn Högsdal und Selina Seemann moderiert habe?
Hannes:	Ja, oder wie damals, als ich mit den Möwen in Lübeck auf einer schwim-

menden Bühne aufgetreten bin und wir von Mücken zerstochen worden sind.

Lennart: Oder wie damals, als die alte Dame im Publikum ausgeraubt wurde und ich den Dieb überwältigt habe.

Hannes: Das ist nie passiert.

Lennart: Aber es ist eine gute Geschichte.

Hannes: Apropos gute Geschichten, wir haben hier eine Menge davon für euch.

Lennart: Denn das, was ihr hier in den Händen haltet, ist das goldene Möwenei unter den Büchern.

Hannes: Mit Prosa, Lyrik, Quatsch und Möwengedichten von den acht besten Bühnenpoet*innen Norddeutschlands.

Lennart: Mega cool! Wer sind die denn?

Hannes: Lennart, du kennst die!

Lennart: Boah, ja, aber unsere Leser*innen ja nicht!

Hannes: Ach so, klar, also dann:
Selina Seemann ist die Allzweckwaffe moderner Literatur. Egal, ob kurze Tweets oder ganze Romane, sie schafft es, jedes Publikum zu begeistern.

Lennart: Außerdem hätte ich ihretwegen fast mal Carsten Spengemann bei einem Auftritt in Heiligenhafen getroffen! Richtig bagger!
Jann Wattjes ist vermutlich der einzig lustige Ostfriese. Seine Texte sind vielschichtig, überraschend und schmecken fast allen – wie ein guter Auflauf.

Hannes:	Und er hatte mal einen Hund.
Lennart:	Wirklich?
Hannes:	Warum sollte ich lügen? **Michel Kühn** ist der lebendige Beweis dafür, dass man etwas Richtiges studieren, einen echten Job und einen echten Intellekt haben und trotzdem bessere Texte schreiben kann als Leute, die ihr Leben »der Kunst verschrieben« haben.
Lennart:	Das ist natürlich Michel Küühn. Bei dem nicht nur die Texte blüühn. **Mona Harry** ist so bekannt und macht so großartige Kunst, dass sie unfassbar viel Geld verdienen könnte, und trotzdem entscheidet sie sich lieber dazu, einen Fahrrad-Reiseführer zu schreiben, und deshalb lieben wir sie.
Hannes:	Deshalb und weil sie mal bei uns gewohnt hat und bis dato die einzige Mitbewohnerin war, die sich nie über den Zustand der Küche beschwert hat. **Florian Hacke** gehört einfach auf die Bühne und jede Bühne, auf der er steht, gehört Florian Hacke.
Lennart:	Als wir ihn das erste Mal gesehen haben, hat er in der Kieler Schaubude einen Text über Spermien vorgetragen, seitdem ist er erfolgreicher als wir beide zusammen. **Stefan Schwarck** hat mal in einer Bank gearbeitet, mittlerweile hat er eine Stiftung ins Leben gerufen und schreibt dadaistische Nordseelyrik.

	In unseren Augen hat der Mann alles richtig gemacht.
Hannes:	Er war fünf Jahre mit uns auf Wacken und sah jeden Morgen frischer aus als wir, obwohl er doppelt so alt ist.
	Björn Högsdal ist norddeutscher Poetry Slam in Person. Ohne ihn würde es diese lebendige Szene mit großartigen Veranstaltungen zwischen Nord- und Ostsee nicht geben.
Lennart:	Außerdem ist er der einzige Mensch, der anakreontische Hirtenlyrik beherrscht.
	Björn H. Katzur und seine absurden, humoristischen Texte lieben wir so sehr, dass wir unsere Liebe wie Achtklässler nur in Gemeinheiten ausdrücken können. Und das ist aus unserer Sicht das größte Kompliment.
Hannes:	Björn Katzur findet das Komische im Tragischen. Wir finden Björn Katzur tragisch.
Lennart:	Diese geballte Star-Power trifft sich jeden Monat in Kiel auf der Bühne des Kulturforums und feiert eine einmalige Show, bei der wir beide jedes Mal gerne aus Hamburg anreisen, wenn wir eingeladen werden.
Hannes:	Und das will was heißen, wir müssen nämlich durch Neumünster!
Lennart:	Gruselig!
Hannes:	Die Texte, die für die Lesebühne entstanden sind, findet ihr hier in diesem Buch, mit dem wir euch nun jede Menge Spaß wünschen.

Lennart:	Echt? All diese Texte sind in dem Buch? Das ist ja genial!
Hannes:	Lennart, hast du das Buch überhaupt gelesen?
Lennart:	Ähm … ja?!
Hannes:	Ach, ja? Was steht da denn so drin?
Lennart:	Irgendwas mit Möwen.

TEXTE VON SELINA SEEMANN

MÖWENGEDICHT

Jahresende, Sonnenwende
Menschenmassen, Glühweintassen
Tannenschmuck, Kartoffeldruck
Mandelkern, Weihnachtsstern
Zimtgeruch, Balletbesuch
Mistelzweig, Plätzchenteig
Frostbeule, Schneeeule
Schlittschuhfahren, Backwaren
Pudelmütze, Erdbeergrütze
Meisenknödel, Zeitvertrödeln
Apfelpunsch, Weihnachtswunsch
Mandarinen, Schnapspralinen
Eiszapfen, Fußstapfen

Möwenschnabel, Pommesgabel
Mutzensnack, Möw'attack
Weihnachtstag, Flügelschlag
Winterjacke, Möwenkacke

JOINT VENTURES

Die Krise hat viele Menschen hart getroffen, insbesondere wirtschaftlich. Und da ich als Künstlerin zu den Menschen gehöre, die so gut wie keine staatliche Hilfe bekommen haben, um diese Zeit zu überstehen, habe ich einfach selbstständig ein Wirtschaftskonzept entwickelt, um möglichst viele Unternehmen gleichzeitig zu retten. Nun werden vielleicht einige von euch denken: Ja, aber Selina, du bist doch Künstlerin, du hast doch gar keine Ahnung von Wirtschaft, du bist doch gar nicht qualifiziert dafür. Und denen stimme ich zu, möchte aber im selben Atemzug daran erinnern, dass man gar nicht immer qualifiziert sein muss für einen Job, was man daran erkennt, dass Christian Lindner jetzt Finanzminister ist.

Meine Idee zur Rettung der Unternehmen in Deutschland wurde inspiriert von einem Besuch in einem Baumarkt, in dem es direkt am Eingang eine Bäckerei gab. Und da habe ich mir gedacht: Warum denn da aufhören? Hier folgt meine persönliche Top 10 an Unternehmen, die wir zusammenlegen sollten:

Auf Platz 10: Baumärkte und Brautkleider!

Sie suchen das ganz besondere Kleid für den schönsten Tag in Ihrem Leben? Dann kommen Sie in unseren *Bau- & Brautmodenmarkt!* Denn Baumarkt bleibt Baumarkt und

Brautkleid bleibt Brautkleid! Wir im Baumarkt haben wirklich alles versucht, um mehr Frauen für uns zu begeistern, aber was mit rosafarbenem Werkzeug nicht geklappt hat, soll mit cremefarbenen Tüll-Träumen nun endlich gelingen! Sie wollen unbedingt zwei Monatsgehälter in etwas investieren, das Sie nur ein einziges Mal benutzen werden? Dann haben Sie bei uns die Wahl zwischen dieser spitzenbesetzten A-Linie und diesem unpraktischen Dampfreiniger von Kärcher! Sie suchen nach dem passenden Blumenschmuck für Ihre kirchliche Trauung? In unserem Gartencenter beraten wir Sie auf über 4 000 Quadratmetern zu allen Fragen rund um die Botanik. Sie wollen nicht allein entscheiden? Nehmen Sie Ihre Trauzeug*innen und Familienmitglieder einfach mit in den Laden und legen Sie bei einem Glas Sekt gemeinsam fest, welcher Aufsitzrasenmäher Ihnen am besten steht! Am Tag der Tage wollen Sie nichts von der Stange tragen? Wir schneiden Ihre Küchenarbeitsplatten nach Maß! Das Fundament einer jeden guten Ehe sollte Vertrauen sein. Und Estrich. Und den finden Sie in Gang 10.

Auf Platz 9: Tauchen und Rauchen!

Tauchen & Rauchen, Ihr moderner Concept Store mit allen Lösungen für Wassersport und Raucherbedarf. Sind Sie auch süchtig nach dem Gefühl, irgendwann keine Luft mehr bekommen zu können? Dann sind Sie bei uns an der richtigen Adresse! Bei *Tauchen & Rauchen* sind wir Feuer und Flamme für Wasser. Wenn man mal genau darüber nachdenkt, sind Schnorchel und Pfeifen nämlich auch ziemlich ähnlich konzipiert. Machen Sie es genau umgekehrt wie die kleine Meerjungfrau und tauschen Sie Ihre Beine gegen Flossen.

Tauchen und Rauchen – zwei Hobbys, die langfristig darauf hinauslaufen, dass Sie Sauerstoff aus einem Tank benötigen.

Es folgt Platz 8 der Unternehmen, die wir zusammenlegen sollten: Handyläden und E-Zigarettenshops!

Handyläden und E-Zigarettenshops haben viele Gemeinsamkeiten: Sie befinden sich fast immer in schmalen, langgezogenen Räumen, in denen sich außer dem Personal niemand aufhält, die Verkäufer sind zumeist unangenehme Typen mit überwältigend viel Haargel und beide bringen Jugendliche um ihr Taschengeld mit Geräten, die ständig wieder aufgeladen werden müssen. Warum also nicht einfach gleich gemeinsame Sache machen?

Ich präsentiere Platz 7: Blumenläden und Friseursalons!

Ihnen sind die Haare über den Kopf gewachsen? In Ihrer Wohnung fehlt Ihnen der gewisse frühlingshafte Touch? Dann heißen wir Sie herzlich willkommen bei *Haar-Schnitt-Blumen!* Mir fallen absolut keine Vorteile zu diesem Konzept ein, aber das Wortspiel war einfach so naheliegend.

Ebenfalls vielversprechend, mein Platz 6: Tankstellen und Trekkingläden.

Unternehmen sollten wissen, wer genau zu ihrer Zielgruppe gehört. Forschende haben herausgefunden, dass es eine große Schnittmenge gibt zwischen Menschen, die noch nie ernsthaft in der Natur waren, Menschen, die überteuerte Funktionskleidung tragen, und SUV-Fahrenden. *One Stop to Shop,* an den neuen Trekking-Tankstellen gibt es zur umweltbelastenden Tankfüllung nun eine von Kinderhand genähte Gore-Tex-Jacke und einen leckeren Schokoriegel von Nestlé gleich dazu.

Platz 5: Nagelstudios und Hufschmiede!

Ich meine, es ergibt einfach irgendwie Sinn.

Kommen wir zu Platz 4: Hautärzt*innen und Sonnenstudios!

Herzlich willkommen bei *Doktor Sun!* Wir braten und beraten! Wussten Sie, dass Ihr Risiko, an Hautkrebs zu erkranken, durch Solariumsbesuche um 87 % steigen kann? Und wussten Sie auch, dass Sie Ihr Risiko, Hautkrebs nicht zu entdecken, durch einen Hautärzt*innenbesuch um 87 % verringern können? Na, ein Glück, dass wir dann gleich zur Stelle sind! Lassen Sie mit ein bisschen künstlichem UV-Licht und einer kompetenten Beratung Ihre Sorgen zu Vorsorgen werden!

Auf Platz 3 der Unternehmen, die zusammengelegt werden sollten, um die Wirtschaft zu retten:
Streichelzoos und Schlachtereien!

Platz 2 der aussichtsreichsten Joint Ventures: Zahnarztpraxen und Steuerberatung!

Warum zweimal durch die Hölle gehen, wenn man die schlimmsten Seiten menschlicher Existenz auch problemlos miteinander kombinieren kann? Lassen Sie sich entspannt die Wurzeln behandeln, während versierte Steuerfachangestellte Ihre Unterlagen durchblättern. Wir bieten Umsatzsteuervoranmeldungen für Angstpatient*innen auch unter Vollnarkose an. Hören Sie auf, sich etwas vorzumachen, wir wissen alle, dass Sie dieses Jahr weder Zahnseide benutzt noch Ihre Kontoauszüge sauber abgeheftet haben.

Und mein Platz 1: Der Hähnchenwagen und DHL!

Macht es Sie auch verrückt, dass die Hähnchenwagen immer an derselben Stelle stehen bleiben? Warum heißt es HähnchenWAGEN, wenn damit nie gefahren wird? Damit ist nun Schluss! Wir kombinieren das Beste aus Paketversand und köstlichem Brathähnchen. Sollten Sie einmal nicht anzutreffen sein, geben wir Ihr Hähnchen auch gern bei Ihren Nachbar*innen ab. Unser Slogan wird irgendwas in Richtung: »Wir versenden Ihre Flügel«, aber bitte nicht mit dem neuen Musikverleih von Red Bull verwechseln, die *verleihen* Flügel.

WOHNUNGSSUCHE

Ich war neulich bei einer Veranstaltung in Kiel, auf der auch der Oberbürgermeister zu Gast war, und er hielt eine Rede, in der es unter anderem um Wohnraum ging. Und er meinte, man müsse ja gar nicht immer zentral wohnen, es gäbe ja auch außerhalb in Kiel tolle und günstige Wohnungen, und ich habe einfach nur gelacht und kurz »Gehalt Oberbürgermeister« gegoogelt. Denn ich war kürzlich selbst in der Situation, mir eine Wohnung in Kiel suchen zu müssen, und das ist eben nicht leicht. Dieser Text ist ein Erfahrungsbericht. Viel Spaß.

Meine Mitbewohnerin eröffnet mir, dass sie mit ihrem Freund zusammenziehen will und dass ich mir eine neue Wohnung suchen muss. Okay, denke ich und schaue an mir herunter. An meiner Jogginghose klebt noch ein Rest Spaghettieis, auf dem Bildschirm läuft Trash TV, in meinem Haar hat es sich vor zwei Wochen die nette Taube vom Balkon gegenüber gemütlich gemacht. Ich bin in der Form meines Lebens.

»Was hat er, was ich nicht habe?«, frage ich entrüstet.

»Sex mit mir«, antwortet meine Mitbewohnerin.

»Hättest ja nur was sagen müssen«, brumme ich, aber füge mich meinem Schicksal. Ich schließe demonstrativ meine Zimmertür und verbringe die nächsten vier Stunden damit, zu weinen, »All by Myself« zu singen und die Raufasertapete gründlich einzuparfümieren, damit sie nach mir riecht, wenn ich weg bin. Meinen WhatsApp-Status ändere ich zu »It's better to have loved and lost than never to have loved at all«.

Als ich mich beruhigt habe, entschließe ich mich dazu, es erstmal über Instagram zu versuchen. Ich schreibe, dass ich eine Wohnung um die 400 € in Kiel suche. Die ersten Kommentare lassen nicht lang auf sich warten:

»Willst du nicht lieber nach Husum ziehen?«
»400 €? Dafür kriegst du woanders nicht mal'n Stellplatz!«
»Meine Wohnung ist schön, aber ich vermiete nicht.«
Und mein persönlicher Favorit: ›Mein Freund sucht auch!«

Ich lösche den Post auf Instagram und erstelle Accounts bei ImmoScout24, Immonet, Immowelt, Immo24, Immo-bitte-helfen-Sie-Mir, immo-fick-dich-du-loser-du-willst-ne-wohnung-na-da-kannst-du-dich-gleich-verpissen.de und WG-Gesucht.

Nach einiger Zeit auf den Seiten erkenne ich, wie sich ImmoScout24 zu WG-Gesucht verhält: Auf ImmoScout gibt es seriöse Inserate von Makler*innen und Hausverwaltungen, auf WG-Gesucht tummeln sich die Gestalten, mit denen ich nichts weniger will, als einen »Spieleabend« zu verbringen oder »auch mal gemeinsam zu kochen«, und entscheide mich, auf ImmoScout24 weiterzusuchen.

Ich gebe »Kiel« ins Suchfeld ein und erhalte 107 Treffer. Nicht schlecht, denke ich. Ich filtere die Ergebnisse nach der maximalen Miete, die ich zahlen kann, und es bleiben drei Wohnungen übrig. Schlecht, denke ich. Ich schiebe den kleinen Regler nochmal um 100 € hoch, meine Schmerzgrenze ist damit nicht nur erreicht, sondern überschritten, aber es hilft: Jetzt bleiben vier Wohnungen nach. Die erste sieht nett aus, ist aber leider nicht in Kiel, sondern in Neumünster, *Nähe* Kiel. Die zweite Wohnung ist hübsch, hat allerdings keine Küche drin, die müsste man selbst einbauen, leider bin ich gerade nicht reich und entscheide mich dagegen. Die dritte Wohnung kommt mir irgendwie bekannt vor, ach ja, ich glaube, die wurde gerade noch als Kulisse für »Der Exorzist« genutzt. Hier hat nicht nur das Bad kein Fenster, sondern auch die restlichen Zimmer nicht. Vielleicht ist die Welt auch einfach noch nicht bereit für gekachelte Wohnzimmerwände.

Eine Wohnung bleibt noch, sie kostet zwar 600 € statt der geplanten 400 €, aber ich glaube Christian Lindner, wenn er sagt, dass der Markt das schon regelt. Finde 600 € auch fair für 30 Quadratmeter, Vermieter*innen haben schließlich einen richtig schweren Job, sie müssen zum Beispiel ... mein Geld verwalten für Wohnraum, den sie nicht brauchen, weil sie so viel davon haben. Außerdem liefen die letzten Jahre ja auch extrem gut für Künstler*innen, da gebe ich gern etwas an die Gesellschaft zurück.

Ich bin hocherfreut, als ich einen Besichtigungstermin für die Wohnung erhalte. Vorher muss ich nur ein paar Angaben machen, damit der Vermieter nachher weniger Arbeit hat. Ich nehme mir gern die Zeit und gebe eine Selbstauskunft, eine Kopie meines Personalausweises, meine Geburtsurkunde, meine Krankenversicherungsnummer, Gehaltsnachweise der letzten vierzehn Jahre, Arbeitszeugnisse, Unizeugnisse, eine SCHUFA-Auskunft, meine Kreditkartennummer, meine Fingerabdrücke, meine linke Niere, meine privaten Passwörter, 500 € in bar, ein Vorkaufsrecht auf das Leben meiner Nachfahren und eine Menschenrechtsverzichtserklärung ab. Dazu wird ein etwa 20-seitiger Essay verlangt, warum gerade ich Wohnraum verdient haben soll. Im Gegenzug erhalte ich einen Termin um 6:15 Uhr morgens, wofür ich natürlich dankbar bin.

Als ich an der Wohnung ankomme, warten schon weitere Bewerber*innen auf den Einlass. Einige stehen seit 3 Uhr morgens an, andere haben hier gecampt und wärmen sich notdürftig an einem kleinen Haufen Sperrmüll, den sie angezündet haben. Wieder andere haben ihre Niere einfach direkt in einer Tupperdose mitgebracht. Die Gegend ist jetzt nicht unbedingt das, was ich mir erhofft hatte, aber über den Streit der Nachbar*innen hört man die vierspurige Straße vor der Tür zum Glück kaum und der Makler beruhigt mich, dass es in diesem Haus schon seit drei Wochen keinen einzigen Mordfall mehr gegeben hat. Die Wohnung würde ich dann tatsächlich nehmen, der Schimmel scheint nur oberflächlich und intakte Fensterscheiben brauche ich eh nicht, der Makler sagt, er meldet sich innerhalb der nächsten Tage. Auf meine Nachfrage antwortet er einen Monat später, die Wohnung sei letztendlich als Spekulationsobjekt an eine Erbin mit Eigenbedarf oder so gegangen. Da muss man natürlich Verständnis haben.

Ich weiß nicht, wie es euch geht. Vielleicht ist es das Leben in der Nähe des Existenzminimums, vielleicht ist es der Linksfaschismus, der aus mir spricht, aber ich finde nicht, das Wohnen allein 50 % des Gehalts ausmachen sollte. Ich finde nicht, dass Menschen in dunklen Kellern hausen sollen müssen, während die Wohnungen darüber als Wertanlage freigehalten werden. Ich finde nicht, dass jemand, der 11 500 € monatlich verdient, mir sagen sollte, was eine bezahlbare Wohnung ist und dass ich ja nur an den Stadtrand gehen müsse, um eine zu finden. Ich finde nicht, dass es gerecht ist, was auf dem Wohnungsmarkt passiert. Und ich hatte dazu auch noch das Glück, nicht alleinerziehend zu sein, einen deutschen Nachnamen zu haben, keine Sozialleistungen zu beziehen und eine Familie zu haben, die mir im Notfall hätte helfen können.

Ich habe schließlich doch noch eine Wohnung gefunden. Auf WG-Gesucht.

WELT AUS DEN FUGEN

Meine Welt ist aus den Fugen. Vor drei Jahren ist meine Oma gestorben und es war seitdem keinen einzigen Tag okay. Neulich hätte ich sie fast angerufen, weil ich etwas wissen wollte, auf das nur sie eine Antwort wusste. Sie fehlt mir jeden einzelnen Tag.

Ich habe einen meiner besten Freunde verloren, weil er in eine toxische Beziehung geraten ist, und seine Freund*innen und Familie können nur dabei zusehen, wie er jeden Tag unglücklicher wird. Ich bin in den letzten drei Jahren fünfmal umgezogen und habe es kaum mitbekommen. Ich habe vor tausenden von Leuten gesprochen und war nicht mal aufgeregt. Ich kann mich nicht dran erinnern, wann ich das letzte Mal einen Gedanken hatte, der es wert war, festgehalten zu werden, und habe seit zwei Jahren keinen Bühnentext mehr geschrieben, der mir wirklich etwas bedeutet, weil ich das Gefühl habe, alles gesagt und nichts zu sagen zu haben.

Meine Welt ist aus den Fugen. Ich bin 31 Jahre alt und glaube, dass ich keine Kinder will, und gleichzeitig fühle ich eine unglaubliche Last auf mir, welche zu bekommen. Ich habe panische Angst davor, keine Zeit mehr für mich selbst zu haben und mein Leben aufgeben zu müssen, weil da jemand ist, um den ich mich 24 Stunden am Tag kümmern muss. Und von allen Seiten bekomme ich das Gefühl vermittelt, dass das egoistisch ist. Ich habe selbst so fantastische Eltern und kann mir nicht vorstellen, später nicht auch so ein Verhältnis zu jemandem zu haben. Ich will keine Kinder, aber ich will, dass jemand meine Eltern zu Großeltern hat.

Meine Welt ist aus den Fugen. Vor zwei Jahren ist mein Opa gestorben und ich bin richtig traurig darüber. Er hat mir beigebracht, wie man auf den Fingern pfeift, wie man einen Papierflieger faltet und wie man einen Stein übers Wasser flippt, und er hat mir gesagt, dass er mich bewundere, weil ich auf Bühnen stehe. Dabei habe ich *ihn* bewundert, weil er ein guter Mensch war, den jeder gern hatte.

Zwei meiner engsten Freund*innen haben ein Kind bekommen und ich habe es erst nach einem halben Jahr das erste Mal gehalten.

Ich mach ständig Fotos und nichts bleibt hängen. Ich bin spazieren gegangen und hab alle Blumen fotografiert, weil ich den Sommer festhalten wollte, und im Winter habe ich mir die Bilder nicht ein einziges Mal angesehen. Ich will mich unbedingt erinnern. Und dann habe ich aus Versehen meine Festplatte mit allen Fotos von 2008–2018 gelöscht.

Ich will nach Irland reisen, aber ich habe keine Zeit dafür. Keine meiner Hosen passt mir mehr. Meine Katze war krank und ich verlor fast den Verstand vor Sorge um sie. Manchmal gehe ich in den Supermarkt und ertrage die Auswahl nicht. Ich versuche verzweifelt, mich besser zu ernähren, aber das hält einen Tag und dann bin ich wieder unterwegs und unterwegs klappt das nicht und Energydrinks sind sehr lecker. Ich nehme mir ständig vor, aktiv zu sein und auch mal allein ans Wasser zu fahren, und dann scheitere ich daran, aufzustehen. Manchmal komme ich einen ganzen Tag nicht aus meiner Wohnung. Ich habe so schlimm PMS, dass ich mich den halben Monat am liebsten vergraben würde.

Meine Welt ist aus den Fugen. Ich habe einen Strafzettel bekommen vor meiner eigenen Haustür. Ich war in 30 Städten und erinnere mich nicht mal an die Hotelzimmer. Trotzdem schaffe ich es nicht nach Hannover, nicht nach Berlin, nicht nach Braunschweig, nicht nach München.

Meine beste Freundin ist so weit weg, wir sehen uns nur in Zwischenräumen. Auf unsere Sprachnachrichten antworten wir mit drei Tagen Verspätung, jede Emotion hat Delay.

Ich habe einen Buchvertrag unterschrieben und mich ewig nicht getraut, irgendjemandem davon zu erzählen, worum es überhaupt geht. Ich war auf Konzerten von Bands, die mir etwas bedeuten, und habe nichts gespürt, als ich es hätte sollen, und dann habe ich geweint, weil ich mich an die eine traurige Szene mit einem Dino aus Jurassic World erinnert habe.

Meine Welt ist aus den Fugen und alles, was sie zusammenhält, ist die Hoffnung, dass es besser wird. Ist meine Katze, die miaut, wenn man niest, weil sie weiß, dass man dann *Gesundheit* sagt. Was meine Welt zusammenhält, ist mein Freund, der in Kassel-Wilhelmshöhe auf mich wartet und mir Chicken McNuggets kauft, obwohl wir beide eigentlich vegetarisch essen. Was sie zusammenhält, ist Mona, die mir sagt, dass ich schön bin. Was sie zusammenhält, ist das ungeschliffene Romanmanuskript eines Freundes, das ich lesen darf. Meine Welt ist aus den Fugen, aber mein Vater und ich waren zusammen wandern, das hält sie zusammen. Meiner besten Freundin geht es genau wie mir, das hält sie zusammen. Die Sprachnachrichten, in denen meine Mutter mir Songs aus dem Radio aufnimmt, das hält sie zusammen. Mein bester Freund, der direkt anruft, statt auf meine Nachricht zu antworten, das hält sie zusammen. Das tiefe und schöne Gespräch über Nostalgie, in dem ich gemerkt habe, dass ich ernstgenommen und geliebt werde, das hält sie zusammen.

Meine Welt ist aus den Fugen. Aber ich habe Bilder von Blumen und Chicken McNuggets. Meine Welt ist aus den Fugen, aber ich habe Menschen, die ich liebe, und die haben Kinder. Meine Welt ist aus den Fugen. Aber da sind noch Steine, die geflippt werden können, und Papier zum Falten und das Meer wird schon auf mich warten und das alles hält sie zusammen.

THE BORDBISTRO

Es ist ein ganz gewöhnlicher Tag im ICE. Ich fahre von Kiel nach Braunschweig. Kiel ist eine Stadt, bei der man oft das Gefühl hat, sich dafür rechtfertigen zu müssen, warum man sie schön und lebenswert findet. Bei Braunschweig hat man nicht nur das Gefühl. Um mich von meinem Ziel abzulenken, steppe ich irgendwo hinter Hamburg ins Bordbistro, um mir eins meiner Freigetränke von meiner BahnCard zu gönnen. Weil ich ein 14-jähriger Teenager im Körper einer sehr attraktiven erwachsenen Frau bin, benutze ich auch im Alltag extrem viele Anglizismen. Weil das cool und swaggy ist! Ich halte also mein Handy mit dem Couponcode hoch und richte meine Worte an den netten Mann im Bordbistro: »Ich hab hier noch so free drinks.«

Ich muss undeutlich genuschelt haben, denn alles, was der Mann versteht, ist: »free drinks«. Es passiert das Unvorstellbare und der Bordgastronom fängt ein Verkaufsgespräch auf Englisch an: »Yes, sure. What would you like to drink?«

Zu diesem Zeitpunkt bin ich schon zu tief drin. Ich stehe mit dem Rücken zur Wand. Ich habe nur zwei Optionen: Entweder breche ich dem freundlichen Herrn jetzt das Herz und sage: »Ach, sorry, ich spreche auch Deutsch« und zerstöre damit seine Illusion, denn noch hält er mich für eine weitgereiste Dame, jemanden mit einer Geschichte, einer

Mission, vielleicht denkt er, ich wäre Botschafterin aus Kanada oder Fitnessinfluencerin aus Oxford, er blickt mich so freundlich, so zugewandt, so weltoffen an, er hat mich akzentfrei, mit perfekter Grammatik angetalkt, vielleicht hat er seit Jahren auf diesen Moment gewartet, bei seiner Bewerbung bei der Bahn aufgeregt unter Sprachkenntnisse »Englisch fließend« geschrieben, nur, um mir ein angenehmes Kauferlebnis in meiner vermeintlichen Muttersprache ermöglichen zu können. Oder ich beiße in den sauren Apfel und spiele das Spiel mit.

»I would like to have a hot chocolate, please«, höre ich mich sagen und jetzt gibt es kein Zurück mehr. Der Rausch der Lüge hat mich in seinen Krallen. »With oat milk, please«, füge ich hinzu und spüre im selben Atemzug mein Seelenheil aus mir entweichen.

Mein ganzes Leben habe ich mir Mühe gegeben, ein ehrlicher Mensch zu sein, und nun begehe ich hier, ohne mit der Wimper zu zucken, im Bordbistro des Intercity Expresses eiskalt einen Identitätsdiebstahl. Ich habe es verkackt, mich in die Scheiße geritten, einen unverzeihlichen Fehler begangen. »I'm sorry, but we are all out of hot chocolate today«, antwortet der Sympathieträger im roten Outfit.

Und das hätte er sein müssen, mein Ausweg, mein Wink mit dem Zaunpfahl, ein einfaches »Okay, thank you, nevermind then« und ich wäre frei, ich müsste nur noch meine Schuhe in der Bordtoilette runterspülen, meine Haare mit der Nagelschere abschneiden, meine Jacke auf links drehen und mich in der Gepäckablage verstecken, um sicherzugehen, dass der nette Mann vom Bordbistro mich auf seiner »Hier noch jemand einen Kaffee?«-Runde nicht wiedererkennt. Doch ich tue nichts dergleichen. »Oh, okay then, what else could I get?«

Eine fremde Macht hat Besitz von mir ergriffen. Als würde ich das überschauliche Angebot des Bordbistros nicht in- und auswendig kennen, lasse ich mich BERATEN.

»Oh, I could offer you coffee instead, or one of our cold beverages over there. I could also mix a Gin and Tonic up for you if you're interested?«, bietet er an und zwinkert mir verschwörerisch zu.

Freundlich, aber nicht unangenehm, witzig und wortgewandt, dieser Mensch ist das Gegenteil aller Bordbistromitarbeiter*innen, die ich in den letzten zehn Jahren kennengelernt habe. »Haha, no thanks, I might have to drive later on, I wouldn't want to get caught completely wasted!«, scherze ich und erschrecke.

Wasted. Wasted! Wasted ist amerikanischer Slang für betrunken, ich habe allerdings bisher versucht, einen britischen Einschlag zu mimen. Ich versuche, meinen Fehler zu überspielen, und tue in meiner Panik so, als wüsste ich nicht, was Apfelschorle ist. »I would like one of those funky fizzy applejuices please«, rette ich mich elegant.

Glück gehabt. Mein Ablenkungsmanöver geht auf.

»Sure!«, lächelt mein Gegenüber und stellt mir die Flasche hin. »And this is also for you!«, sagt er und legt mir einen Keks mit der Aufschrift »Lieblingsgast« daneben.

Was für eine Ironie! Tief in mir weiß ich, dass ich dieses Mürbeteigplätzchen nicht verdient habe. Ich nehme es trotzdem freudig entgegen und bemerke dann, dass ich ja eigentlich nicht wissen kann, was da steht. Ich wende das Gebäck mit gespielter Neugier hin- und her und versuche, interessiert und ein wenig verwundert zu wirken. »Lieblings-gast«, forme ich das Wort mit den Lippen.

»Thank you so much! It's been quite a hard week for me, travelling to Braunschweig and all«, erkläre ich mich. »Where I'm from, there's just a lot going on, we've been through quite a lot of prime ministers lately and we've lost access to the EU market and in our royal family, there's been a lot of trouble with their youngest, Harry, he's written quite a scandalous little novel about his family and getting shagged behind a pub, you know.«

Ich bin stolz auf meinen Exkurs, ich habe mir ein bisschen Backstory gegeben, nicht zu viel verraten, nur plausibel aus meinem Leben auf der britischen Insel erzählt. Der nette Mann lächelt mich an. »Yeah, I heard, there's been a lot going on«, antwortet er. »I just need to scan your code for the free drink, please«, sagt er und deutet auf mein Handy mit dem Gratiscoupon, das ich in der Hand halte.

»Oh, yes, of course!«, antworte ich und halte es ihm hin. Der Code scannt nicht. Und scannt nicht. Erst beim dritten Versuch piept das Gerät. Irritiert guckt der Mann auf das Display. Dort steht in großen Lettern mein Name. Mein sehr deutscher Name. Selina Seemann. Seemann.

»Alles klar, Frau Seemann, dann wünsche ich Ihnen noch einen schönen Tag«, sagt der nette Mann vom Bordbistro. Er sagt es kalt, ohne Wärme. Ich steige in Hannover aus. Den Rest kann ich laufen.

TEXTE VON JANN WATTJES

KANNIBALISMUS

Wenn ich eine Möwe wär
Flöge ich nie weit umher
Ich schonte mein Gefieder
Und ließ mich täglich nieder
Bei McDonald's
Klaute BigMac-Reste und Pommes
Äße jeden Tag mächtiger
Würd mit jedem Bissen heftiger
»Zur Goldenen Möwe«, sagen sie
Womit man auch goldrichtig liegt
Nirgendwo ist Appetit
So viel größer als der Magen
Drum raube ich vom Tablettwagen
Oder aus dem Mülleimer
Was mal Teil deiner Mahlzeit war
Und hätt vielleicht noch kurz gedacht:
»Woraus sind die Nuggets wohl gemacht?«

DA STEHT EIN PFERD AUF DEM FLUR

Ein echtes Pferd. Auf dem Flur. Jaja, ein Pferd. Auf dem Flur. Durch den Türspion erkenne ich, dass es ein Wallach sein muss. Keine Ahnung, was ein Wallach ist, aber es ist eines der klanghafteren Pferdeworte. Ich probe bereits die Konfrontation. Denn ich werde mich gleich durch den Hausflur an dem Pferd – dem echten Pferd, auf dem Flur – vorbeibewegen müssen. Ich habe nämlich einen wichtigen Termin: Es ist Donnerstag, ich möchte alleine in den Haustierpark und mir die Pferde angucken.

Normalerweise bleibt in unserem Flur nichts lange stehen. Unser Hausverwalter Jupp ist ein verbitterter Untoter, dem sogar auf seinen dritten Zähnen dick Karies und Zahnstein wachsen und der damals offen NSDAP wählte. Bei der Bundestagswahl 2013. Sobald irgendjemand einen Quadratmillimeter Schuhdreck im Treppenhaus hinterlässt, erhöht sich die Kaltmiete um 10 %. Ich nehme also an, dass das Pferd ein Freund von ihm ist Vermutlich sind sie zum Canastaspielen verabredet. Ich weiß nicht, ob Jupp gerne Canasta spielt, aber alle Nazis spielen Canasta. Ich wette, Jupp hat sogar einen schwarz-weiß-roten Schläger. Gibt es beim Canasta Schläger? Wenn Sie es wissen, sollten auch Sie vielleicht mal Ihre politische Gesinnung überdenken.

Man hat schon Pferde kotzen sehen, aber Canasta spielen? Sicherheitshalber mache ich unserem Hausverwalter eine Sprachnachricht: »Ja, hallo Jupp, hier spricht der Herr Wattjes aus dem zweiten Stock. Und zwar steht ein Pferd auf dem Flur. Ein echtes Pferd. Auf dem Flur. Jaja, ein Pferd. Auf dem Flur. Ich weiß, Sie wollten ja heute mit der Orts-NPD auf das Konzert von Andreas Gabalier. Aber ich dachte, das wäre vielleicht gut zu wissen. Alles Liebe!«

Ich öffne Google. Mein Suchverlauf zeigt mir, dass das Pferd nur der Gipfel meiner Probleme diese Woche ist: »mayonnaise preisvergleich«, »wie viel besser ist marken-mayonnaise im vergleich zu günstiger mayonnaise«, »delikatess-mayonnaise von thomy rezension«, »mayonnaise zu teuer um noch weitere lebensmittel zu kaufen was tun«, »kann man thomy mayonnaise pur essen«, »warum schmeckt mayonnaise pur so gut«, »thomy mayonnaise 1 liter kalorien«, »aldi mayonnaise 1 liter kalorien«, »website die mayonnaisen auf kalorien preis und geschmacksbasis vergleicht«, »warum gibt es keine website die mayonnaisen auf kalorien preis und geschmacksbasis vergleicht«, »website erstellen für dummies«, »wo bewerbe ich meine website am besten«, »lesebühne kiel einstiegschancen«.

Also google ich weiter: Da steht ein Pferd auf dem Flur. Ein echtes Pferd. Auf dem Flur. Jaja, ein Pferd. Auf dem Flur. »Das ist so niedlich«? Das ist Googles Lösung für mein Problem? Ich prüfe das Pferd. Es *ist* niedlich. Ich finde es immer schwer, Pferde zu beschreiben, aber es hat halt so eine Pferdeschnauze. Und die Beine sind so pferdig. Und es gibt doch diese Frisuren, zu denen sagt man ja sogar Pony. Das hat es nicht. Es hat mehr so Pferdehaar. Niedlich!

Mein Mitbewohner, Christian Lindner – ach ja, das habe ich noch nicht erwähnt, aber Christian Lindner ist mein

Mitbewohner –, strampelt zugekokst aus seinem Zimmer und zieht sich einen Anzug über seinen vollgekotzten Pyjama. Er hat es eilig, er muss noch falsch regieren und irgendwas mit dem Markt regeln.

»Krischi! Du kannst da nicht raus, da steht ein Pferd auf dem Flur. Ein echtes Pferd, auf dem Flur!«

Er schüttelt mich und sieht mich mit seinen roten Augen ernst an: »Reiß dich zusammen, Wattjes. Pferde sind nur dornige Hunde!«

Er schreitet aus der Tür wie der junge liberale Gott, der er nun mal ist. Ich sehe durch den Türspion, wie er dem Pferd die Hand gibt und dann von ihm gefressen wird. Lindner schreit nicht mal, er nimmt es einfach hin. So will es der marktwirtschaftliche Wettbewerb. Da steht ein Pferd auf dem Flur. Ein echtes Pferd. Auf dem Flur. Das frisst gerade den Bundesfinanzminister.

Ich schaue auf der Metaebene nach:

Denn natürlich ist das Pferd nur eine Metapher. Für meine Depressionen. Für meine Panik, nicht voranzukommen, und für meine Prokrastination, die mich hindert, selbst irgendetwas daran zu ändern. Die Last, in jeder sozialen Situation performen zu müssen, weil mir unsagbar wichtig ist, dass selbst Leute, die ich nicht mag, mich mögen. Eine Metapher für Poetry Slam, wo ich natürlich nur ironisch zwischen diesen anderen verrückten Muppets mitmachen kann, aber wenn nicht einmal die Woche für fünf Minuten völlig Fremde über meine Witze lachen, entpuppt sich jede bisherige Lebensentscheidung einfach nur als falsch und enttäuschend. Klar, das Pferd steht da als Metapher für alle Menschen, die mich verletzt haben, die ich verletzt habe, alle Menschen, die unterwegs verlorengegangen sind, obwohl man gar nicht wusste, dass das geht. Aber in diesem Fall nicht …

Das Pferd ist keine Metapher, es steht einfach nur auf dem Flur. Ein echtes Pferd. Auf dem Flur. Ihr glaubt vermutlich, das ist kein großes Ding, aber wart ihr schon mal in der Situation? Ihr kennt vielleicht Pferde aus dem Fernsehen oder aus der S-Bahn, aber ein echtes Pferd? Auf dem Flur?! Das niedlich ist? Das mit eurem Hausverwalter zum Canastaspielen verabredet ist und Christian Lindner gefressen hat? Das kennen von den Lesenden hier maximal zwei Drittel.

Ich nehme meinen ganzen Mut zusammen, öffne die Tür und sage: »Hallo, Pferd. Mein Name ist Jann Wattjes. Ich bin ein attraktiver Mann um die 20. Meine Hobbys sind Schweigen und Lego-Technik. Ich möchte nicht unhöflich sein, aber ich frage mich, warum Sie auf dem Flur stehen?«

Das Pferd lächelt mich an mit seinem pferdigen Gesicht. Es sagt, es habe meine Mayonnaise-Website gefunden. Allerdings habe es ein paar bessere Ideen für eine Domain als weiße-geile-creme-direkt-ins-maul.de. Wir verbringen den Tag im Haustierpark, gucken uns Pferde an, reden über Depressionen und warum freie Marktwirtschaft heftiger Unsinn ist.

Da stand ein Pferd auf dem Flur. Ein echtes Pferd. Auf dem Flur. Jaja, ein Pferd. Auf dem Flur. Das ist mein Freund jetzt.

MARMORKUCHEN UND EIGELBS BRICHT

Kiel ist vor allem bekannt für das sympathische Segelschiff Gorch Fock und einen Verein in der Sportart Handball, die selbstverständlich auch im Rest des Landes wahnsinnig beliebt und interessant ist.

»Okaaay, Basketball und Fußball, schöne Ideen, aber warum werft ihr den Ball nicht einfach auf die Tore?! Sieht auch elegant aus!«

Am berühmtesten ist Kiel allerdings für die Kneipenterroristen. Die hätten sich in den 90ern für SPIEGEL TV nämlich einmal fast mit den Blue Brothers aus Laboe geprügelt. Anführer Bernd Knauers Stellungnahme dazu: »Joa, dumme Sprüche.«

Man müsste schon einiges falsch machen, um an der Ostsee zu liegen und kein schöner Ort zu sein. Okay, Gaarden ist eine Ausnahme. Okay, Mettenhof ist noch eine Ausnahme. Okay, das heißt hier vielleicht *Stink*viertel, ist aber in Ordnung.

»Und was ist das für ’n Gebäude?«

»Das, Jann, ist das Milchforschungsinstitut.«

Milch! Forschung! Institut! Das sind meine Top 3 Interessen! Es heißt nicht umsonst: »Wo institutionell Milch geforscht wird, da lass dich nieder, böse Menschen prüfen nur Gefieder.«

Aber: Was machen die da? Ist nicht alles bekannt über Milch, was man über Milch wissen sollte? Klar, 80 % des Meeres sind unerforscht. Aber man ist sich relativ sicher, dass das auch Wasser ist. Das wäre jetzt schon eine Überraschung, wenn Shell mit seinen Bohrinseln irgendwann auf Milch stößt. Wir wüssten ungefähr, was wir machen, wenn ein verunglückter Milchtanker den Golf von Mexiko verschmutzt. Ja, auch ich habe die Kartons im Supermarkt gesehen: »THIS IS NOT MILK«. Aber ich dachte, das ist in dem Moment klar, in dem die ihre Sojabohnen auswringen. Da muss doch nicht jedes Mal ein staatliches Institut wie die GfM drüber gucken. GfM – Gesellschaft für Milchwissenschaft. MilchWISSENSCHAFT.

Stellt euch vor, ihr watschelt durch den Edeka, geht vorbei an dem Alpro-Regal. »This Is Not Milk« – das kann nur der liebe Gott entscheiden. Dann setzt ihr euch in die Tiefkühltruhe, weil niemand eine Benjamin Blümchen Torte kauft, ohne gespürt zu haben, wie kalt sie gelagert werden muss! Das ist Benjamins Meistertorte. Die soll was Besonderes sein. Und dann kauert ihr da mit eurem Einkaufskorb. Euer Shampoo gefriert langsam, aber ihr könnt euch ja gleich noch mal frisches nehmen. Und plötzlich klopft es an die Scheibe. Es ist eure Ex-Freundin.

»Hey, was machst du denn hier?«

»Ach, ich hab doch immer so Temperaturen.«

»Ja, ist 'n komischer Monat. Was machst du aktuell so?«

»Ich? Ach, ich ärger Max Leßmann auf Instagram und wohn jetzt in Mettenhof. Und ich hab ja bald Geburtstag, deswegen dacht ich mir: Benjamin. Blümchen. Meisterstück. Und du so?«

»Ich studier jetzt Milch!«

Fassungslos haltet ihr euch die gefrorenen Hände vor den Mund: »Waaaas? Man kann Milch studieren?! Sie studiert MILCH?! Wie cool ist das denn?« Und dann sitzt ihr da in der Kühltruhe, werdet von allen Seiten angeschrien, von wegen »Hausverbot«, seht eurer Ex in die Augen und merkt: Ihr habt Vollmilch fallen lassen, um Hafermilch aufzusammeln.

»Okay, Milch – was macht man denn da so?«

»Milch-Kunde. Milch-Historie. Theoretische Milch, praktische Milch. Ich lass dich mal in Ruhe gefrieren, ne.«

Nicht, dass mir das exakt so passiert wäre und deshalb dieser Text zustande gekommen wäre. Aber wie abgefahren ist es bitte? MILCHFORSCHUNG. Etwas alltägliches, systemrelevantes. Milch ist kreativ und respektiert, nichts Brotloses. Siehe Milchbrötchen.

Wer war wohl der erste Milchforscher? Der erste Mensch, der eine Kuh gemolken hat? »Ey, Ludwig. Weißt du noch, wie du als Kind, ähm, bei deiner Mutter so …? Ich mach das jetzt bei einer Kuh.«

Sie müssen diesen Menschen geächtet haben. Als perversen, geisteskranken Tierschänder. Und das war er wahrscheinlich auch. Aber heute? Heute ist Milch nicht mehr wegzudenken. Müsli ohne Milch?! Das ist kein Leben. Ja, ich weiß, nicht vegan sein ist nicht okay. Aber Gebäck ohne Milch ist auch nicht okay. Alle Bäckereien wären ohne Milch in zwanzig Minuten pleite. In der Weihnachtsbäckerei? Von »Zwischen Mehl und Milch macht so mancher Knilch eine riesengroße Kleckerei« bliebe nur noch »Zwischen Mehl und Hungerlohn macht so mancher Hu****** irgendwelche sinnlosen Klumpen, die man niemandem anbieten kann« übrig.

Kakao, Kinder Pingui, warme Milch mit Honig, das Land, wo Milch und Honig fließen. Das alles verdanken wir der Wissenschaft – hier in Kiel. Und deswegen kann mir Edeka gar nichts mit seinem »Hausverbot«, ich habe alles für Marmorkuchen zuhause: Butter, Zucker, Eier, Mehl, … Ist die Milch noch gut? Ich weiß es nicht. Aber ich weiß, wer es weiß.

Frohen Mutes radele ich mit meiner Milch durch die Mittagssonne zum Milchforschungsinstitut. Die Gruppe Forscher mit ihren Schnurrbärten und Vokuhilas kommt mir seltsam bekannt vor. Es sind die Kieler Kneipenterroristen.

»Guten Tag, ich wollte nur wissen, ob meine Milch noch gut ist, Sie sind Herr …?«

»Ja, normal, Herr. Wenn man das so sieht: Schmeiß rein.« Der Kneipenterrorist hält mir ein Reagenzglas hin, in das ich meine Milch kippe. Sie durchläuft mehrere Zentrifugen und MRTs. Nach nur einer Woche empfangen die Wissenschaftler mich mit dem Ergebnis: »Die ist sauer. Aber überall kriegst du neue. Ja, jede Kuh hat nämlich 'n schönen Euter!«

Das Ergebnis ist ernüchternd, offenbar handelt es sich bei der Gesellschaft für Milchforschung nur um eine Resozialisierungsmaßnahme, doch sie versuchen, mich aufzubauen. Mit Bier, der Milch der guten Laune. Denn Marmorkuchen und Eigelbs bricht – aber unser Kiel nicht.

WIE ICH EINMAL MIT MEINER FREUNDIN DEN FILM *MITTAGSSTUNDE* IM KINO GUCKEN MUSSTE

Es gibt zwei Arten von Kinobesucher*innen. Ich bin die Sorte, die sich ein buntes Buffet aus Popcorn, Nachos mit Käse- und Salsasauce und einem Liter Cola zusammenstellt, um dann für schmale 50 Euro einen ruhigen Abend vor einer Kino-Leinwand zu haben. Und die andere Sorte, das ist meine Freundin: Sie »hat gerade gegessen«, wird »eventuell einmal kurz ins Popcorn langen« und den Film mit einem persönlichen Audiokommentar untermalen, als wäre sie Frank Buschmann beim Pausenstand von 0:0.

»Jann, ist das eine Rückblende?«

»Hä?!«

»Den Schauspieler kennt man. Der hat bei *Hallo Spencer* den Hausschuh gesprochen.«

»Das ist der.«

»Okay, bei Google findet man nichts. Aber ich bin mir sicher.«

»Jann, ich frage dich noch einmal, ist das eine Rückblende?!«

»Ich brauch Popcorn.«

»Wieso hast du dir Salsasauce bestellt?«

»Das Popcorn ist richtig scheiße. Aber wenn man einmal anfängt, kann man nicht aufhören.«

»Jann, ich frage dich hier und jetzt mit Gott als Zeugen, sehen wir da gerade eine Rückblende?«

Für Menschen, die nie geliebt haben oder geliebt wurden – und ich kenne mein Publikum, ihr wisst, wer ihr seid – mag das komisch klingen, aber: Damit kann ich mich arrangieren.

Ich muss nicht alles von meinem Bottich Popcorn haben, ich muss nicht den ganzen Film mitbekommen, es ist 2024, ich kann alles später nochmal illegal nachstreamen.

Wofür ich nicht bereit war, war der Film *Mittagsstunde,* basierend auf einem Buch von Dörte Hansen. Ich HASSE Dörte Hansen. Die norddeutsche Provinz ist auserzählt. In Dörte Hansens beschränkter Welt ist alles niedlich, alles ist nordisch, total urig. Die Leute sind ein bisschen verschlossen, aber am Ende total liebenswert. Ich kotz mich voll.

Was ich wusste: In der Verfilmung können sie unmöglich die quälenden, seitenlangen Umschreibungen von Tischdecken übernommen haben.

Was ich nicht wusste: Der Film wurde in großen Teilen in der Heimat meiner Freundin gedreht.

Noch bevor der erste Satz fällt, fallen fünf.

»Das ist die Uni Kiel!

»Den Schauspieler kennt man!«

»Du musst gleich genau aufpassen, die haben große Teile des Films am Ortseingang von Schmölleröpsördorf gedreht. Da wären wir fast mal durchgefahren, wäre das nicht mega der Umweg gewesen.«

»Hä, ist das eine Rückblende?«

Der Schauspieler, den man kennt, ist übrigens Charly Hübner. Der beliebte Kino- und Fernsehschauspieler wurde vor allem durch seine Rolle als Hausschuh in *Hallo Spencer* bekannt. Ich H-A-S-S-E Charly Hübner. Und sein dusseliges Jägermeistergesicht. Wenn ich eigentlich mit Vornamen Carsten Johannes Marcus heiße, warum benenne ich mich dann nach dem ZDF-Schimpansen?

»Okay, total random, aber das da ist die Scheune, an der Straße, wo die Buslinie langfährt, die ich mal fast aus Versehen genommen hätte, als ich nach Lümmelülsup musste!«

Der Film hat jetzt keine per se packende Handlung, aber meine Freundin versucht, sie zu füllen.

»Wenn das keine Rückblende ist, kommt gleich die Szene, in der Wilhelmina Stümmelmann Statistin ist. Wilhelmina Stümmelmann war nur zwei Jahre davon entfernt, mit der Trauzeugin von der Schwester der Arbeitskollegin des Schwagers der früheren Nachbarin meiner Mutter auf dieselbe Grundschule zu gehen. Und die ist da jetzt einfach Statistin!«

Ich kann es auch kaum fassen.

»Wir müssen nachher noch die schönsten Drehorte abfahren!«

Mein Schweigen wird als Mangel an Begeisterung gedeutet. Enttäuscht nimmt mir meine Freundin das Popcorn weg. Aus der Stille heraus entsteht auf den anderen Plätzen im Kino eine Unruhe. Eine ältere Frau wird in einer verstörenden Zeremonie zur Sprecherin gewählt und lehnt sich zu meiner Freundin:

»Entschuldigen Sie, junge Frau. Der Wurf, aus dem die Cousine der Frau des Hausmeisters des Schützenkönigs aus dem Heimatort meiner Großeltern ihren Dackel hat, der war wohl aus dem Nachbardorf von Schmölleröpsördorf. Von dem her fand ich das ziemlich interessant, was Sie alles so wiedererkannt haben. Und wir als Kinopublikum würden uns doch sehr freuen, wenn Sie uns weiterhin lautstark an Ihren Erkenntnissen teilhaben lassen könnten.«

Das ganze Publikum winkt und wartet gespannt, ob meine Freundin die Kreuzung zweier Landstraßen auf der Leinwand dem Landkreis Pööör zuordnen kann. Sie kann. Niemand möchte diesen Film sehen, außer Leuten, die ihre verdammte Heimat im verdammten Kino sehen wollen. Das ist der aktuelle Stand der deutschen Kino- und Fernsehlandschaft.

Nachdem meine Freundin unter tosendem Applaus Filmlocations erkannt hat, wendet sich die alte Frau an mich: »Tschuldigung. Ist das eine Rückblende?«

»Die Rollen werden gerade von jüngeren Schauspieler*innen gespielt und alles ist schwarz-weiß. Keine Ahnung, aber ich glaube, das ist Lümmelülsup«, antworte ich.

Es wird noch ein bunter Kinoabend mit vielen Meinungen und Anekdoten aus dem Publikum sowie vielen Fragen zum Zeitstrahl und wo die Schauspieler*innen sonst noch mitgespielt haben.

Der Film ist immerhin besser als das Buch, will ich zuhause angekommen sagen, aber da befinde ich mich schon in den Fängen der ZDF-Mediathek. Die beliebte Verfilmung von Frank Schätzings *Der Schwarm* wurde nämlich zu großen Teilen am Kieler GEOMAR gedreht.

PFEFFERKUCHEN FEIN

Es wird ein trauriges Weihnachtsfest für die 3b der Marc-Terenzi-Grundschule in Delmenhorst. Ihr Referendar Herr Wattjes wird nach den Ferien nicht wiederkommen, weil er lieber mit einem nischigen Bühnenliteratur-Format durch Deutschland tourt, als noch einmal irgendeine Kreativaufgabe eines Kindes rezipieren zu müssen. Die Kinder haben es sich trotzdem nicht nehmen lassen, in Herrn Wattjes' letzter Stunde Kuchen zu backen und ihm ein Lied zu singen. Weil sein Lieblingsmärchen Das hässliche Entlein *ist, haben sie sich für das Lied* Hänsel und Gretel verliefen sich im Wald *entschieden.*

»Hänsel und Gretel verliefen sich im Wald« – da geht's ja schon los. Die wurden da ausgesetzt von Eltern, die sie nicht mehr haben wollten. Das wäre vielleicht auch für euch die passendere Lektion gewesen.

»Es war so finster und auch so bitterkalt« – das Lied erfährt aktuell eine Renaissance als Kritik an Robert Habecks Energiepolitik.

»Sie kamen an ein Häuschen von Pfefferkuchen fein« – okay, also wer zur Hölle formuliert das so? »Pfefferkuchen fein«, was ist das für ein dummer Zweckreim? Haben das auch Drittklässler*innen geschrieben? Ich kenn höchstens Teewurst Fein. Pommersche aus dem Buchenrauch, naturgewürzt und das schmeckt man auch. Sogar die haben es ohne Zweckreime geschafft. Gibt es auch Pfefferkuchen grob? Wie sieht ein Häuschen aus Pfefferkuchen grob aus? Brutalistisch? Wie ein Hochsicherheitsgefängnis?

Die Amerikaner bringen die Terroristen jetzt ohne Prozess nach Pfefferkuchen grob.

Soll das ein bildhaftes Kompositum sein? Messerscharf, blitzschnell, pfefferkuchenfein? À la »die machen das schon okay – pfefferkuchenfein«? Vielleicht ist es auch ein Einschub: »Ah, ein Häuschen aus Pfefferkuchen ... fein! Ich habe schon Verrückteres im finsteren, kalten Wald gesehen. Zum Beispiel Kunst von Kindern, die nicht total scheiße ist.«

»Herr Wattjööös. Wir haben das Gefühl, Sie freuen sich gar nicht über das Lied.«

»Aber nein, ihr macht das toll – pfefferkuchenfein!«

Im Hintergrund piept der Backofen. Ich glaube, ich muss nicht dazusagen, was es für einen Kuchen gibt. Oder wie er beschaffen ist. Aber ich lasse den Pfefferkuchen fein anbrennen, um mir das einstudierte Ständchen meiner Schüler*innen anzuhören.

»Wer mag der Herr wohl von diesem Häuschen sein?« – ach so, Hausbesitz ist nur »Herren« vergönnt. Wenn sich eine Frau eine Immobilie aus *Pfefferkuchen fein* leisten kann, ist sie natürlich eine Hexe. Knusper, knusper, knäuschen, wie finanziert man Häuschen?

»Huhu, da schaut eine alte Hexe raus! Lockte die Kinder ins Pfefferkuchenhaus« – na ja, sie hat jetzt erst mal nur rausgeguckt. Das ist keine Einladung, das ist Hausfriedensbruch, dafür kommt man nach Pfefferkuchen grob.

Die leistungsschwachen Kinder haben sich derweil eine »Performance« überlegt. Fabienne-Celeste und Rambo Ramon Rainer zerbrechen ein Stück Kreide und werfen die Teile wie Brotkrumen wild durch den Klassenraum. Sie steuern auf den Mülleimer zu, in dem Dennis schon seit Anfang der Stunde kauert, weil er das schlechteste Diktat geschrieben hat. Aber um meine pädagogischen Methoden soll es hier gar nicht gehen. Sie haben den Mülleimer beschriftet: »Pfefferkuchen fein.« Ich kann doch um Gottes Willen nicht der Erste sein, den diese Formulierung so abfuckt. Ihr alle habt das früher gesungen. Ihr habt euch mitschuldig gemacht. Ihr wart nicht nur okay damit, diesen Quatsch nachzugrölen, ihr wart damit pfefferkuchen fine!

»Herr Wattjes, mit wem reden Sie da?«

»Mit dem Publikum.

»Oh, sind wir in einem Ihrer Texte drinne?«

»Ich habe eine unangenehme Wahrheit für dich, Olivier-Neymar Capital Bra. Ihr seid *nur* in einem meiner Texte drin. Ihr seid nicht echt. Erwachsene sind nämlich dazu in der Lage, sich selbst fiktive Geschichten auszudenken, die sich nicht auf uralte Zweckreime beschränken. Grundschullehrer*innen hören jedes Jahr denselben lärmenden Scheiß, entfernen immer wieder panisch Bastelscheren aus verklebten Händen, um dann euren Eltern zu erklären, dass sich an diesem Kastanienmännchen wahrscheinlich eine Hochbegabung ablesen lässt.«

Die Kinder wirken geknickt. »Herr Wattjes, können Sie wenigstens noch nach dem Pfefferkuchen sehen?«

Es haben sich schon dichte schwarze Nebelschwaden gebildet. So fein war der Pfefferkuchen wohl doch nicht. Ich schaue in den Ofen. Da merke ich, wie die Kinder mich hineinschieben und die Klappe hinter mir schließen.

Für all die gemeinen Sachen, die ich über kindliche Kreativität gesagt habe, sterbe ich den Flammentod. Seitdem bin ich in meinem persönlichen Fegefeuer gefangen. Dem einzigen Ort, an dem Erwachsene so beschissene Kunst und Zweckreime bilden wie Kinder Poetry Slam. Wenn ihr euch das freiwillig antun könnt, dann schafft ihr es auch durchs Blockflötenquartett oder Schultheater mit Sockenpuppen. Denn die machen das schon okay – pfefferkuchenfein.

TEXTE VON MICHEL KÜHN

MÖWENGEDICHT

Auf einer Sandbank nahe Kiel am Meer
Seufzte eine Möwe schwer
Oh, Schicksal! Oh, Schweres! Wo trägst du mich hin?
Mich, die ich Schrecken der Lüfte doch bin!
Ich knacke jede Krabbe, so ganz ohne Not
Und wenn Touristen da sind, auch gerne mit Brot!
Ich stibitze die Pommes aus jedermanns Hand
Man versteckt sein Eis, wenn ich komme, bin strandbekannt!
Und nun liege ich auf der Sandbank und fühl mich so schlimm!
Oh, Schicksal! Oh, Schweres! Wo trägst du mich hin?
Und so gleitet die Möwe durch den ewigen Schleier
Gleitet hinab, gleitet fort mit den Wellen
Denn in ihrem letzten Softeis
Waren
Salmonellen

Kümmel

OMA UND DER TOD

Das Letzte, was ich im Gesicht des Todes erkenne, bevor er rücklings über die Reling ins Wasser stürzt, ist aufrichtige Verwunderung darüber, mit welcher Geschwindigkeit und Kraft meine Oma ihm den Kinnhaken versetzt. Meine eigene Überraschung ist nicht minder groß: Ich weiß, dass Oma stark ist, aber dass sie dem Tod nicht nur ein Schnippchen, sondern wirklich eins auf die Fresse schlägt, und dann auch noch so, dass es den alten Gevatter aus den Sandalen rückwärts ins Meer hebt, kommt auch für mich unerwartet.

Vier Stunden zuvor klingelt mein Telefon. Oma ruft an. Während ich sie noch begrüße, grätscht sie mir gleich dazwischen: »Junge, da treibt sich so ein merkwürdiger Typ vor meiner Wohnungstür rum. Schwarze Kluft, Sense, finsterer Totenschädel. Der sieht aus wie der eine aus diesem Monty-Python-Film. Geklingelt hat er auch schon.«

Meine Alarmglocken schrillen auf.

»Oma!«, ruf ich in den Hörer, »Mach auf keinen Fall die Tür auf! Der ist bestimmt von der Telekom und will dir einen Glasfaseranschluss andrehen.«

»Wahrscheinlich. Kannst du trotzdem bitte vorbeikommen? Man hört ja so viel über Betrüger, die von Tür zu Tür ziehen und alten Menschen wie mir sonst was erzählen.«

Ich bejahe natürlich und verspreche, mich sofort auf den Weg zu machen.

»Und Junge?«

»Ja, Oma?«

»Bringst du mir eine Flasche Kümmel mit? Der ist doch so bekömmlich, weißt du.«

»Klar doch, Oma. Bis gleich.«

Als ich mit einer Flasche Kümmelschnaps im Rucksack das Treppenhaus zu Omas Mietwohnung betrete, höre ich ein lautes Klirren, als würde Metall auf Metall schlagen. Ich eile in den ersten Stock. Oben angekommen benötigt mein Hirn ein paar Sekunden, um die Situation zu verarbeiten: Vor Omas Wohnungstür steht eine in schwarze Robe gehüllte Gestalt. Den Kopf bedeckt eine schwarze Kapuze, aus den Ärmeln ragen knöcherne Hände. Eine davon schlägt mit einer großen Sense in Richtung Tür. In der Tür steht Oma und wehrt den Sensenschlag mit ihrem Gehstock ab. Ihr Gesicht strahlt dabei eine Entschlossenheit aus, wie ich sie bei ihr zuletzt sah, als mein Vater ihr vor ein paar Jahren nahegelegt hat, doch langsam mal ihren Führerschein abzugeben. Als sie mich aus den Augenwinkeln wahrnimmt, ruft sie: »Junge! Das bist du ja endlich.«

Für einen Moment ist die Gestalt davon so irritiert, dass sie von Oma ablässt und den Kopf in meine Richtung dreht. Unter der Kapuze blitzt ein grinsender Totenschädel auf. Oma nutzt die Ablenkung und drückt sich an Gevatter Tod vorbei in den Flur. »Lauf, Junge, lauf!«, ruft sie und wir hechten die Treppe hinunter.

»Es ist Zeit«, ruft uns die Gestalt hinterher, »es ist Zeit!«

Szenenwechsel. Oma und ich rasen zu zweit auf einem E-Scooter die Küstenstraße entlang. Neben uns fällt der felsige Hang über hundert Meter steil ab, darunter glitzert die Sonne mit ihren letzten Strahlen des Tages wie Milliarden kleine Diamanten auf der glatten Oberfläche des Ozeans. Hinter uns ist der Tod bemüht, Meter um Meter auf einem Segway aufzuschließen. Sein Blick ist entschlossen, während er mit einer Hand lenkt und mit der anderen drohend die Sense über seinem Kopf im Kreis rotieren lässt. »Hier«, sagt Oma, »ich fahre, du schießt.«

Sie reicht mir eine Zwille. Ich schaue Oma, dann die Schleuder in meiner Hand und dann wieder Oma an.

»Aber ich hab doch überhaupt nichts zum Schießen, keine Munition.«

»Greif in meine Jackentasche.«

»Oma …«, erwidere ich zögerlich.

»Nun mach schon.«

Ich greife in ihre Tasche und muss grinsen. Sie ist voll mit Pfefferminzbonbons.

»Ts, ts, ts«, sagt Oma in sich hineinkichernd und entlockt unserem urbanen Gefährt gefühlt noch ein, zwei km/h mehr. »Keine Munition …«

Ich eröffne das Feuer auf unseren Verfolger.

Szenenwechsel. »Oma, wir brauchen einen Unterschlupf!«, rufe ich durch den Sturm, »das Wetter wird immer schlechter!« Wenige Meter über mir schlägt Oma den nächsten Haken in die steile Felswand. Seit 20 Stunden klettern wir ohne Pause. Etwa tausend Meter unter uns kann ich die schwarze Silhouette des Todes erkennen, der unermüdlich an unseren Fersen klebt. »Wir klettern weiter«, antwortet Oma kaum hörbar durch das dichte Schneetreiben, »immer weiter.«

Szenenwechsel. Der Tod hat Aufschlag und spielt den Ball gekonnt übers Netz in unsere Hälfte. Oma nimmt den Aufschlag baggernd an und spielt auf meine Position. Ich pritsche den Ball hoch, Oma nimmt Anlauf, springt und knallt den Ball übers Netz in Richtung Grundlinie der anderen Hälfte. Der Tod hechtet zum vermeintlichen Einschlagsort des Volley-Projektils, verheddert sich in seinem Umhang und stürzt schmerzhaft in den Sand. »Puuuunkt!«, ruft die Menge. Tosender Applaus. Oma und ich nutzen die Ablenkung und machen uns aus dem Staub.

Szenenwechsel. Wir haben in Puttgarden knapp die Fähre erwischt. Als das Schiff immer mehr Distanz zwischen sich und die Insel bringt, atme ich erleichtert auf. »Komm, lass uns an Deck gehen«, sagt Oma.

Oben angekommen klappt uns beiden die Kinnlade runter. Knapp hinter dem Schiff sitzt der Tod auf einem Jetski und grinst uns an. Als ein entgegenkommendes Segelboot in Reichweite gerät, beschleunigt der Tod sein Gefährt aufs Äußerste und hält geradewegs auf den Segler zu. Doch anstatt mit ihm zu kollidieren, zieht der Tod die Nase des Jetskis im letzten Augenblick hoch, sodass das Segelboot für ihn zu einer Rampe wird und er in einem hohen Bogen zu uns auf die Fähre katapultiert wird. Noch im Flug springt er ab, landet vor uns auf den Füßen und zieht grinsend mit seiner Sense einen funkensprühenden Halbkreis über das Deck. Dann geschieht alles sehr plötzlich. Die Grenzen meiner zeitlichen Wahrnehmung ausreizend sprintet Oma dem Tod entgegen, holt aus, schlägt zu und wirft ihn mit diesem Bud-Spencer-Gedächtnishaken von Bord. Wir schauen zu, wie die düstere Gestalt in den Fluten verschwindet.

Szenenwechsel. Wir sind zurück in Omas Wohnung und lassen uns erschöpft auf die alten Cordsessel fallen. »Glaubst du, wir sind ihn los?«, frage ich nach einer Weile. Oma schaut mich lange an. Ihr Blick hat erst etwas Resignierendes, das dann aber einem friedlichen Ausdruck weicht.

»Junge, ich glaube nicht, dass wir ihm jemals entkommen können. Falls ich wirklich heute abtrete, sind hier nochmal die zehn wichtigsten Weisheiten, die ich dir für dein weiteres Leben mit auf den Weg geben will:

Es ist okay, Schlumpfeis zu mögen. Lass dir da nicht reinquatschen, du machst das schon richtig.

Masturbiere, bevor du wichtige Entscheidungen triffst. Vielleicht bist du einfach nur horny.

Es ist sicher nie falsch, Nazis zu schlagen.

Leute, die sich als Whiskey-Kenner bezeichnen, sind sehr wahrscheinlich Arschlöcher.

Kümmel ist sehr bekömmlich.

Das war eigentlich schon alles.«

»Danke, Oma«, sag ich etwas irritiert. Es klopft an der Tür.

Szenenwechsel. Oma, der Tod und ich sitzen um den Wohnzimmertisch und trinken Kümmelschnaps. »Das war ja ganz witzig …«, bemerkt der Tod, »… wirklich. Aber jetzt ist gut. Ich will mal Feierabend machen. Mein Rücken tut weh.«

»*Du* hast Rücken? Komm mal in mein Alter!«, sagt Oma.

»Ich bin vierzehn Milliarden Jahre alt«, entgegnet der Tod.

»Vierzehn Milliarden Jahre?«, fragt Oma ungläubig. »Krass!«

Dann kann ich ihrem Gesichtsausdruck entnehmen, dass sie eine zündende Idee hat.

»Opa Tod!«, sagt sie, »Ich bin es, deine Enkelin, erinnerst du dich denn nicht an mich? Du hast mich doch von deiner Liste gestrichen, Opa, schon damals beim Geburtstag von Onkel Bernd.«

Ich beuge mich zu Oma rüber, sodass nur sie mich hören kann: »Ähm«, setze ich an, »ich bin mir sicher, du hast hier alles im Griff, aber nur fürs Protokoll: Versuchst du mit deinen 92 Jahren gerade wirklich, den Tod mit dem Enkeltrick zu überlisten?«

Oma zwinkert.

»Netter Versuch«, antwortet der Tod und füllt nochmal unserer Gläser auf.

Filmriss.

»Trinkspiel! Trinkspiel! Trinkspiel!«, skandieren Oma und ich im Chor.

Der Tod balanciert sein volles Glas auf der Spitze seines Sensenblattes. Mit einer leichten Drehung des Handgelenks lässt er das Glas kopfüber von der Klinge fallen, sodass der Inhalt im Mund seines Totenschädels landet. Das Glas fängt er mit den Zähnen auf. Oma und ich johlen.

Filmriss.

»'S wird Zeit«, nuschelt der Tod.

»Ers'mal ham wir noch einen«, entgegnet Oma.

Sie füllt ihr Glas, dann das vom Tod. Ich halte die Hand über meins, um Ablehnung zu signalisieren. Ich kann einfach nicht mehr. Oma schüttet mir knallhart den Kümmel über die Hand. Ich könnte schwören, dass ihre Lippen währenddessen das Wort »Weichei« formen.

Filmriss.

»Okay, weißt du was?«, seufzt der Tod sichtlich zerstört. »Du hast Glück. Ich bin etwas zu besoffen, um dich jetzt mitzunehmen. Und die Chefetage sieht das auch gar nicht gern, wenn ich angeschickert bei der Arbeit bin. Ich geb dir eine Woche.«

Oma kneift die Augen zusammen.

»Nächste Woche. Gleicher Ort, gleiche Zeit«, lallt der Tod.

»Gleicher Ort, gleiche Zeit«, erwidert Oma.

Als die Gestalt in schwarzer Robe verschwunden ist, beginnt Oma, zu grinsen. Dann wendet sie sich an mich: »Junge, du müsstest nächste Woche nochmal ’ne Flasche Kümmel für mich kaufen gehen. Der ist wirklich bekömmlich …«

NACH HAUSE

Alles, was an jenem Abend geschah, geschah in Übereinstimmung mit der Prophezeiung. Drei Stunden nach Beginn des Weihnachtsessens war Opa mit dem Überseekoffer und den darin befindlichen 500 000 Euro verschwunden, meine Nichte hielt meinem Bruder eine geladene Waffe an den Kopf, die beiden Katzen defäkierten auf den Raclette-Grill, Vater war von den Hasch-Keksen meiner Schwester ausgeknockt und letztere schmollte, weil kein Keks mehr übrig war.

»Na, das haben wir ja schon schlimmer erlebt«, sagte Mutter, erstickte mit der flachen Hand die Flamme auf ihrem Sambuca-Glas, stürzte das Getränk hinunter und bedeutete mir mit einer Geste, dass ich die Axt nun weglegen konnte.

»Stimmt«, antwortete ich anerkennend. »Haben wir schon schlimmer erlebt.«

Als Anfang November mein Handy klingelte und das Display die unheilverkündende Buchstabenkombination MAMA anzeigte, ahnte ich schon grob, was mir bevorstand. Ob ich denn zu Weihnachten und Silvester nach Hause käme. Die Omas und Opas würden sich schon so freuen und man könne ja wieder zusammen kochen und Brettspiele spielen. Meine Nachfrage, ob es für das Lieblingskind denn nicht ausreichen würde, nur für einen der Feiertage anzureisen, brachte mich auch nicht weiter. Mein Bruder hätte schon für alle Tage zugesagt, antwortete Mutter.

Ob ich nach Hause käme. Nach Siegen. Siegen, das Neumünster Nordrhein-Westfalens. Dabei war ich doch vor zehn Jahren nach Kiel gezogen, um eine möglichst große Distanz zwischen mich und diesen Ort, meine Geburtsstadt, zu bringen. Gelegen im Herzen des Siegerlandes, im südöstlichen NRW, ist Siegen den meisten Außenstehenden völlig zu Recht durch nichts bekannt. Die drei Top-Sehenswürdigkeiten der Stadt sind laut TripAdvisor ein Regionalmuseum, eine Kirche mit einer angeblich goldenen Krone auf dem Dach und der Monte Schlacko: ein 374 m hoher Hügel aus aufgeschütteten Stahlindustrieabfällen.

In einem *Zeit*-Artikel von 2014 beklagt der Autor das schlechte Bild, das der Rest der Welt von Siegen habe. Und führt dann die 104 m hohe Autobahnbrücke als Highlight der Stadt auf (eine der höchsten Europas!). Nach der Lektüre des Artikels hatte ich den starken Drang, den Autor in den Arm zu nehmen und zu sagen: »Hey. Ist nicht schlimm. Manchmal trifft man schlechte Entscheidungen. Und manchmal führen sie einen nach Siegen.«

Siegen. Hier habe ich Radfahren gelernt, Autofahren und Fahren auf dem Rücksitz eines Polizeiautos.

Siegen. Die Stadt rühmt sich bis heute damit, dass der Maler Peter Paul Rubens in ihr geboren wurde, und bezeichnet sich ganz unironisch als Rubensstadt. Klar, der Typ wurde da zufällig geboren und hat nach seinem zehnten Lebensjahr keinen Fuß mehr in die Stadt gesetzt, aber auf irgendetwas muss man seine Identität stützen, wenn man sonst keinen Charakter hat. Machen Konservative ja genauso.

Siegen. Bis vor 70 Jahren war Bergbau im Siegerland der heiße Scheiß, vor allem der Abbau von Eisenerz. Die Romantisierung dieses Bergbaus macht heute etwa 60 % der

Identität der Siegerländer*innen aus. Die anderen 40 % sind ein völlig unverständlicher Dialekt namens Siegerländer Platt (»Sejerlänner Platt«). Der exzessive Bergbau führte nicht nur dazu, dass Ampelmännchen in Siegen Bergmannskluft tragen, nein, die Zwerge haben auch zu tief geschürft: Sämtliche Hügel und Berge sind so weit von Stollen durchlöchert, dass heute regelmäßig ganze Wohngebiete in einstürzenden Gruben versinken. Das wiederum verschafft der Wohnlage in Siegen einen gewissen Kick, denn jede*r Bewohner*in hat eine reelle Chance, irgendwann einfach vom und in den Erdboden zu verschwinden, schließlich besteht die ganze Stadt aus Hügeln und Bergen. Als mich neulich ein alter Freund, der nur selten aus Siegen rauskommt, in Kiel besuchte, sagte er bei der Überquerung des Exerzierplatzes mit aufrichtigem Erstaunen: »Boah, kann man hier weit gucken.«

Ein weiterer interessanter Nebeneffekt der Bergbauvergangenheit ist, dass die alten Fotoalben meiner Familie recht dünn sind. Auf den ersten Seiten sitzen da immer bis zu zehn Kinder auf einem Foto, mit 13 Jahren durften die lieben Kleinen dann in die Stollen einfahren, 30 wurden die wenigsten. Hach, die Nostalgie der Staublunge!

»Oos Oma sächt immer, min Vadder war e Saujong« bedeutet: »Meine Oma sagt immer, mein Vater wäre ein Saujunge gewesen.«

Siegerländer Platt zu sprechen, ist im Grunde ganz einfach: Man ersetzt ein paar beliebige Substantive durch Fantasiewörter, hält beim Sprechen die Luft an und rollt das R so, als hätte man Staub in der Lunge. Und zack, schließt sich der Kreis wie bei Siegerländer Stammbäumen.

Hier ein paar weitere Beispiele:

»Ich rumme dr Ollern op« heißt so viel wie: »Ich räume den Dachboden auf.«

»Heddat is min Mamme« bedeutet: »Das ist meine Mutter.«

Und wer »Ich bin sejerlänner Jong« sagt, meint in etwa: »Ich wurde völlig unvorbereitet und mit einem Haufen nicht aufgearbeiteter Kindheitstraumata und Komplexe in eine Hochdeutsch sprechende Welt entlassen, bitte helfen Sie mir.«

Letzterer Satz ist, nebenbei bemerkt, integraler Bestandteil eines Liedes, das uns die Betreuer einer CVJM-Jugendfreizeit beigebracht hatten, als ich zehn Jahre alt gewesen war:

»Wir sin alle Sejerlänner Jonge,
Wer wat will, der soll ruhig komme,
Knüppel inner Hand, Messer inner Täsch,
Wer se net mi'm Knüppel kricht,
Der kricht se mit der Fläsch.«

Übersetzt bedeutet die Strophe: »Wir sind alle Siegerländer Jungen, wer was will, der soll ruhig kommen, Knüppel in der Hand, Messer in der Tasche, wer keins mit dem Knüppel kriegt, kriegt eins mit der Flasche.«

Daneben war in Siegen aufzuwachsen eine Mischung aus schlimmen Dorfjugendsuff, viel zu jung allein mit einer Motorsäge und der Anweisung, alle markierten Bäume zu fällen, im Wald zu stehen und die Omnipräsenz der Farbe Grau. Grauer Asphalt trifft auf graues Schiefergestein, welches nicht nur benutzt wird, um die Dächer der Häuser zu decken, sondern obendrein noch als Verkleidung sämtlicher Hausfassaden. Dazu kommt, dass es lagebedingt fast immer regnet. Ich hielt den Ausdruck »blauer Himmel« lange Zeit für einen Rechtschreibfehler: »Hä? Is doch grau.« Bis zu meinem Auszug kannte ich unter »alle Farben des Regenbogens« nur unterschiedliche Grautöne. Kurz: Meine Jugend war ein 374 m hoher Hügel aus aufgeschütteten Stahlindustrieabfällen.

»Michel, bist du noch dran?«

»Ja«, seufzte ich. »Natürlich komme ich Weihnachten zu euch.«

Nach Hause würde ich allerdings erst danach wieder fahren. Aber das sagte ich nicht.

Und so stieg ich am 23. Dezember aus der Bahn, bereitete mich mental darauf vor, wieder gefragt zu werden, ob ich den Doktor denn langsam mal fertig hätte und ob ich dann endlich Steine verarzten könne, und stieg in den Bus in Richtung dörfliche Vorstadt. Alles, was danach geschah, geschah in Übereinstimmung mit der Prophezeiung.

OMA FORSCHT

Lächelnd setze ich die holografische Sonnenbrille auf, lege den leicht gebeugten Ellenbogen auf die Ablage der Seitentür und beschleunige das Flugauto durch den abendlichen Luftverkehr. Die untergehende Abendsonne glüht am Horizont und die Luft im Jahr 2040 schmeckt nach Hoffnung und nach unerschütterlichem Glauben an die Zukunft. Wir haben es geschafft. Saubere, erneuerbare Energien für alle. Saubere, erneuerbare Energie, gewonnen aus Rechtsextremismus. Die Klimakatastrophe ist abgewendet, die Demokratie stabiler als je zuvor. Die entscheidende Technologie ist vor etwa 15 Jahren aus dem Nichts gekommen und hat innerhalb eines Wimpernschlags alles verändert. Saubere Energie aus Nazis. Zunächst führte das zu extremem Wohlstand in den neuen Bundesländern. Ironischerweise sorgte dieser Wohlstand dann für weniger Rechtsextremismus im Osten, dennoch sind heute nach wenigen Jahren alte und neue Bundesländer wirtschaftlich gleichgezogen. Es hat sich herausgestellt, dass es demografieunabhängig in jeder Gesellschaft stets etwa 10 bis 15 % autokratiegeile Arschlöcher gibt. Und die reichen weltweit aus, um die Grundlast zu decken. Und alle profitieren. Krisen, Konflikte, Kriege – das alles ist vorbei. Das Leben ist gut. Alles ist gut.

»Junge! Junge! Wach auf!« Ich blinzle.

»Aufwachen! Heute ist Demo«, sagt Oma und piekst mir mit ihrem Gehstock in die Rippen.

»Aua! Lass das!«

Langsam öffne ich die Augen. Mit jedem Millimeter, den meine Lider sich widerwillig voneinander wegbewegen, werden die Kopfschmerzen stärker. Oma steht mit erhobenem Stock neben dem Sofa, das mir offenbar als Nachtlager gedient hat.

»Oha, was ist passiert?«, frage ich.

»Der feine Herr Enkel wollte gestern unbedingt bei den Großen mittrinken«, spottet Oma.

»Uff. Der feine Herr Enkel trinkt gleich rückwärts«, sage ich.

»Untersteh dich! Der gute Kümmel. Der ist bekömmlich. Der bleibt genau da, wo er jetzt ist, und du hörst sofort auf, dich so anzustellen. Ich habe doppelt so wie viel wie du getrunken und hab heute morgen schon ein 5on5-Turnier mit meinem Counter-Strike-Clan gespielt.«

»Was übrigens immer noch ein weirdes Hobby für ne Oma ist«, murmle ich.

Sie piekst mich nochmal mit ihrem Stock. »Gevatter Tod war gestern auch noch da, aber da warst du schon bewusstlos. Ich soll dir liebe Grüße und ›bis bald‹ ausrichten.«

»Na, klasse«, denke ich. Dann halte ich kurz inne und versuche, mich zu sammeln. Einatmen. Ausatmen. Einatmen. Ich renne zur Toilette.

»Ts, ts, ts. Die Gene deines Opas«, höre ich Oma hinter mir spotten.

Einen Kaffee, ein kaltes Pizzastück und eine Tablette Novalgin später finden Oma und ich uns auf dem Rathausplatz ein. Ein breites Bündnis von Organisationen hatte zur Demo für Demokratie und gegen den erstarkenden Rechtsextremismus aufgerufen.

»Da vorne sind sie!«, sagt Oma.

Langsam bewegen wir uns durch die Menschenmenge zu einer Gruppe älterer Frauen. Oma ist nämlich seit einer Weile bei den OMAS GEGEN RECHTS. Oder wie sie sie nennt: »Antifa, aber mit geilen Kuchenrezepten«. Sie begrüßt jede ihrer Mitstreiterinnen einzeln mit einem sehr schnellen, sehr komplizierten und damit automatisch auch sehr geheimen und coolen Handschlag. Reihum werde ich Erika, Ruth, Inge und einigen anderen Omas als einer der weniger nervigen Enkel vorgestellt. Dann positionieren wir uns zentral im vorderen Bereich der Kundgebung vor dem Redner*innenpult, um die ersten Beiträge zu hören.

In den nächsten Minuten erzählen Vertreter*innen von verschiedenen Organisationen viele richtige Sachen. Dass wir aufhören müssen, den Nazis mediale Bühnen zu bieten. Dass wir aufhören müssen, rechte Kampfbegriffe zu übernehmen. Dass wir uns nicht am rechten Kulturkampf beteiligen dürfen, sondern diskriminierte und marginalisierte Minderheiten bedingungslos schützen müssen. Dass Menschenrechte keine Verhandlungsmasse sind. Und dass die Alternative zu rechtsextremem Gedankengut nicht bloß weniger rechtsextremes Gedankengut sein kann. Von den anwesenden CDU- und FDP-Ratsmitgliedern applaudiert an der Stelle merkwürdigerweise niemand.

Als nächstes stellt sich ein Vertreter der Wirtschaft hinter das Rednerpult. Zunächst erzählt er, wie wichtig Zuwanderung zur Lösung des Fachkräftemangels sei, um den Wirtschaftsstandort Deutschland zu stärken. Der Applaus bleibt verhalten. Als er anschließend davon spricht, dass man ja trotz allem im Dialog bleiben müsse und nicht aufhören dürfe, mit allen Gesinnungen und Parteien zu sprechen, mischen sich erste Pfiffe in die Reaktionen der Demonstrierenden.

Dann geschieht etwas Unerwartetes. Eine Gruppe sehr *weißer*, junger Männer mit Symbolen der Identitären Bewegung erklimmt von der Seite die Bühne und drängt die vorherigen Redner*innen zur Seite. »Ihr seid doch alles bezahlte Statisten!«, ruft einer von ihnen ins Mikrofon.

Ich denke an meinen letzten Kontoauszug und muss kichern. Oma kritzelt »Es heißt ‚alle'« auf die Rückseite ihres Schildes und reckt es dem Pöbler entgegen.

»Ihr Systemlinge!«, ruft ein anderer. »Bald weht hier ein anderer Wind. Wir merken uns jeden einzelnen von euch!«

Neben Buhrufen fliegen nun die ersten Gegenstände in Richtung Bühne.

»Bitte, bitte, wir müssen doch im Dialog bleiben«, versucht der Wirtschaftsvertreter, den Tumult zu beruhigen.

Oma zückt eine Ausgabe *Das Kapital* von Karl Marx aus ihrem Mantel und wirft das Buch in seine Richtung. Er sieht das Geschoss nicht kommen. Das Hauptwerk der Revolution trifft ihn in die Magengrube und er bricht keuchend zusammen.

»Oma!«, empöre ich mich.

»Was denn?«, lacht Oma, »das ist die unsichtbare Hand des Marx'.«

Dann bricht eine Schlägerei los. Ich sehe gerade noch, wie Oma nach vorne hechtet und mit ihrem Schild ausholt. Bevor ich ohne wirklichen Plan hinter ihr herlaufen kann, trifft mich etwas am Kopf. Wie nicht anders zu erwarten, gehe ich nach dem Treffer zu Boden und verliere zum zweiten Mal in vierundzwanzig Stunden das Bewusstsein.

Als ich wieder zu mir komme, hat sich die Veranstaltung weitgehend aufgelöst. Vor der Bühne sitzt Oma mit ihren Freundinnen auf einem Haufen bewusstloser Identitärer. Das OMAS-GEGEN-RECHTS-Schild lehnt neben ihr und sie ist gerade dabei, sich eine auffallend lange Zigarette zu drehen.

»Habt ihr die umgehauen?«, frage ich ungläubig.

»Jupp«, sagt Oma, »Verantwortung und so.«

»Verantwortung dafür, Leute K. O. zu schlagen?«, frage ich.

»Ich seh das so …«, fängt Oma an, »… wenn der Faschismus zurückkehrt, dann soll er das nicht tun, weil ich im falschen Moment gezögert habe, einen Nazi zu vermöbeln.«

»Ja, aber du weißt doch gar nicht, ob dieser oder jener Rechtsextremist wirklich dazu führt, dass der Faschismus zurückkehrt.«

»Ja, schon«, sagt Oma, »aber sollen wir das Risiko wirklich eingehen?«

»Weißt du eigentlich, dass du eine ganz patente Frau bist?«, frage ich Oma daraufhin. Da muss sie grinsen.

Kurze Zeit später sitzen Oma, Erika, Ruth, Inge und ich an einem ruhigen Tisch in einer Ecke von Omas Stammkneipe und trinken Kümmel, denn der ist offenbar sehr bekömmlich. Omas Freundinnen und ich lassen den Tag Revue passieren, während Oma angestrengt auf einer Serviette herumkritzelt.

»Ich find das halt wirklich frustrierend«, sage ich. »Die Klimakatastrophe macht den Gedanken an die Zukunft doch schon düster genug. Häufige extreme Wetterereignisse, Fluten, Dürren, Artensterben, Ressourcenknappheit, Hunger, Durst, Flucht, Tod. Und dann wollen die Leute jetzt wirklich noch an den gerade so haltenden Pfeilern der Demokratie sägen. Ich find's wirklich immer schwieriger, morgens aufzustehen.«

»Na, deswegen treffen wir uns ja regelmäßig«, sagt Inge.

»Ja, uns geht das ja sonst auch nicht anders«, ergänzt Ruth.

»Backen, schnacken, Demokratie verteidigen. So sieht's aus!«, sagt Erika. »Und Kümmel, Kümmel hilft auch. Denn der ist sehr bekömmlich.«

Dann stoßen die drei an.

»Ja, aber wir müssen doch noch mehr tun können!«, sage ich.

Da blickt Oma auf und funkelt verschwörerisch in die Runde. Sie dreht die Serviette so, dass wir ihr Gekritzel sehen können.

»Was ist das?«, frage ich.

Die Serviette zeigt ein Strichmännchen mit Hitlerbärtchen und Seitenscheitel, dass in einer Art futuristischen Röhre steht und den rechten Arm nach oben reckt. Dünne Leitungen verbinden die Röhre mit einer riesigen Glühbirne. Radial abstehende Striche deuten an, dass die Glühbirne leuchtet.

»Wisst ihr«, sagt Oma, »ich glaube ich hatte da eben eine gute Idee …«

LITERARIKOS RACHE

»Ich werde euch niemals verraten, wo der Schatz vergraben ist!«, sage ich, schwinge die Beine über die Reling und lasse mich ins Wasser fallen.

Dies kommt für alle Anwesenden aus zweierlei Gründen sehr überraschend: Zum einen weiß niemand, von welchem Schatz ich spreche, drehen sich die Gespräche auf unserer zweistündigen Tour bisher doch eher um alltägliche oder berufliche Sorgen, zum anderen ist die Schwentine an jener Stelle maximal eineinhalb Meter tief, was meinem Abgang aus dem Kanu eine gewisse Lächerlichkeit verleiht.

Das Sonnenlicht glitzert in abertausenden, wechselnden Reflexionspunkten auf dem Wasser, als hätte man eine Galaxie aus der unendlichen Schwärze des leeren Raumes herausgenommen und fein-säuberlich auf die Oberfläche des aprilkühlen Gewässers gebügelt. Multiple Augenpaare blicken irritiert drein, als wäre gerade irgend so ein Dude völlig überraschend aus dem Kanu gesprungen. Nur Marie lacht und das ist wichtig, gilt es doch, Maries Aufmerksamkeit zu gewinnen.

Plötzlich ziehen sich finstere Gewitterwolken über uns zusammen, wo Sekunden zuvor noch blauer Himmel war.

Fernes Donnergrollen erfüllt die Szenerie und kalter Wind fegt über den Fluss. Ich klettere zurück ins Kanu. Vor uns materialisiert sich unter grellem Blitzen ein meterhoher, weißer Riss im Hier und Jetzt, als wären Fluss, Ufer und Gebäude im Hintergrund nur eine durchtrennbare Folie. Aus der nun scheinbar geöffneten Barriere tritt eine Gestalt. Auf den ersten Blick humanoid anmutend, entpuppt sie sich im Licht des noch blitzenden Risses als groteskes Derivat aus Mensch und … Literatur? Dünne Beine, die aus Papierrollen zu bestehen scheinen, Arme aus aneinandergebundenen Reclam-Heften, ein Kopf, geformt aus einem aufgeschlagenen Lexikon und mit finster starrenden Augen versehen, und ein Körper, gebaut aus abgewetzten Buchdeckeln wie ein Flickenteppich. Auf dem Torso steht in der Schriftart Times New Roman ein einzelnes Wort: »Literariko«. Die Gestalt funkelt mich finster an.

»Ganz recht! Ich bin es, Literariko, dein belesener Erzfeind! Ich bin die Inkarnation all der negativen Emotionen, die du bei deinen Zuhörenden im Laufe der Jahre mit deinen Witzen über die Literaturwissenschaften ausgelöst hast. Erzittere!«

Verdammt, denke ich. Eine Kreatur basierend auf all meinen Bühnenwitzen über die »Wissenschaft«, Bücher zu lesen? Dieses Wesen muss sehr mächtig sein.

»Ich werde dein literarisches Ich aufweichen, bis die Grenzen dieser Welt dich nicht mehr halten können und du auf ewig verdammt bist, zwischen den erzählten Welten hin- und herzuwandeln. Und ich werde dir die Person nehmen, nach der dein Herz sich verzehrt!«

Die Gestalt schnippt mit den Fingern. Eine unsichtbare Gewalt wirft mich zurück. Unter mir bildetet sich ein schwarzer Wirbel, ein Malstrom, der mich unablässig hinabzieht in die Finsternis. Mein letzter Blick fällt auf Marie, die von Literariko an den Armen gepackt und in den grellen Riss im Gefüge der Welt gezerrt wird. Dann wird alles schwarz.

Ich falle. Sehen kann ich nichts, aber ich spüre, wie ich ungebremst in die Schwärze hinabstürze. Ich falle und falle und falle. Wie lang schon? Sekunden? Stunden? Tage? Ich kann es nicht sagen. Ich versuche, zu schreien, aber meine Kehle ist wie zugeschnürt, meine Stimmbänder sind wie paralysiert. Ich versuche, mich zu bewegen, doch ...

Meine Nervenstränge waren so gespannt wie der Hahn meines Revolvers im versteckten Gürtelhalfter hinter meinem Rücken. Zwei Piek Asse lagen auf dem Tisch, wo nur eines hätte liegen dürfen. Hier hatte jemand falschgespielt, sein Glück überreizt, ein schlechtes Händchen gehabt. Wer würde zuerst reagieren? Wer würde blinzeln, ziehen und abdrücken?

Ich betrachtete die Runde: Demolotion Dan, der tödlichste Colt diesseits der Rocky Mountains? Flawless Frank, die Kralle von Oklahoma? Oder ich, ein normaler Junge aus den Südstaaten, der vor nicht ganz zwanzig Jahren als Findelkind in einer Ukulele treibend am Ufer des Mississippi gefunden und von einer Bande Waschbären großgezogen wurde?

Ich musste hier lebendig raus. Am besten mit ein paar Dollar in der Tasche, um ein Pferd kaufen und nach Westen reiten zu können. Ich musste Mary aus den Händen der Thomsen-Bande befreien. Ich begann, zu schwitzen. Auch in den Gesichtern der beiden anderen konnte ich die Anzeichen aufkeimender Nervosität erkennen. Doch es war weder Demolition Dan noch Flawless Frank oder meine Wenigkeit, der schließlich den Abzug seiner Waffe betätigte. Freddy Fred Harrington, der Besitzer des *Kittys Club Saloon*, stand, den qualmenden Lauf seiner Schrotflinte nach oben reckend, hinter seinem Tresen und sein Blick sagte uns unmissverständlich: nicht heute, nicht in meinem Saloon. Und so verließen wir einer nach dem anderen das Lokal durch die hölzernen Schwingen der Flügeltür, wissend, dass unser Streit nun auf offener Straße unter Zuhilfenahme bleierner Argumente ausdiskutiert werden würde. Gerade als ich die letzte Stufe hinter mir ließ und einen Fuß auf die staubtrockene Straße setzte, drehte sich Demolition Dan um und verpasste Flawless Frank mit seinem Colt ein fingerbreites Loch im Schädel. Dann zielte er auf mich. Ich wollte mich mit einem Hechtsprung zur Seite retten, doch es war …

»Zu spät«, sagte Lady Ann und blickte mir zornig, aber auch wehmütig in die Augen. »Die Hochzeit ist bereits arrangiert. Ich werde Lord Stanton von Abbott-Hillcastle Sparkscotton heiraten. Mein Vater lässt nicht zu, dass ein einfacher Landarbeiter wie du um meine Hand anhält.«

Die Emotionen überwältigten mich. Vor meinem inneren Auge flammten all die Nächte auf, in denen wir uns so heiß und leidenschaftlich auf dem Heuboden des Pferdestalls geliebt hatten. Wie wir neckisch und experimentierfreudig unsere jungen Körper erforscht hatten. Mit unseren Lippen, unseren Zungen, unseren Fühlern. Was dachte ich mir dabei? Ein einfacher Bursche aus Abbyshire-Forthsmithington wie ich mit der Tochter des Lords von Shycrest-Killbeetenaberfordsville? Ich würde sie nie vergessen können. All unsere Abenteuer, von denen kein einziges den Bechdel-Test bestehen würde.

»Oh, Ann!«

»Oh, Michelington!«

»Oh, Ann!«

»Oh, Michelington!«

»Oh, …«

»… scheiße!«, brüllt der Captain, als das erste Geschoss des zorglogtischen Zerstörers auf den Energieschild der USS Big Bang trifft. »Wieso haben wir die nicht kommen sehen? Ensign, Bericht!«

»Sie benutzen gamma-centaurische Tarntechnologie, Sir!«, sage ich und blicke von meiner Konsole auf.

Mein erster Tag als Brückenoffizier. Ich hatte mich nicht für den Dienst gemeldet, um hier draußen in der Finsternis zu sterben. Überhaupt hatte ich die Stellenausschreibung komplett falschverstanden. Brückenoffizier? Ich war Architekt, mit Spezialisierung auf Überquerungsmöglichkeiten von Flüssen und Tälern. Brücken. Wie fahrlässig kann eine Weltraumarmee sein, jemanden wie mich einfach so in eine Position mit Verantwortung für Menschen zu setzen? Was sind das hier eigentlich für Knöpfe auf meinem Pult? Ich habe keinen blassen Schimmer, was ich hier tue. Mal hier drücken?

»Ey, Licht wieder an!«

»Schuldigung!« Mal den hier probieren?

»Energieschild deaktiviert.«

»Oh-oh ...«

..., sagte der Autor am Ende der Weltraumepisode. Der Ich-Erzähler hatte nun schon einige fiktionale Welten besucht. Langsam fragte sich das Publikum, wohin die Reise wohl führen würde. Konnte sich der Ich-Erzähler aus dem Weltenkarusell des bösen Literariko befreien und seine Liebe retten? Als ...

... ich die Augen öffne, stehe ich mit dem Rücken zur vierten Wand und blicke in die grinsende Fratze des Vampirfürsten. Mit seinen übermenschlich starken Händen fasst er mich am Hals und hebt mich im Würgegriff hoch.

»Und nun, Jäger, stirbst du.«

»Nicht, wenn ich ein Wörtchen mitzureden habe!«

Diese Stimme. Ein dumpfer Laut. Dann bricht der Vampir zusammen und landet auf dem Boden.

»Marie?«

»Hab ich dich endlich.«

»Marie! Ich war gerade auf dem Weg, um dich zu retten!«

»Haha. Und, wie läuft das so?«, sagt sie und stellt sich mit einem Knüppel bewaffnet auf den Körper des bewusstlosen Vampirs.

Peinlich berührtes Schweigen meinerseits. Nach einer Weile finde ich meine Sprache wieder.

»Wie hast du mich gefunden? Und wie bist du Literariko entkommen?«

»Na ja, also, das war so: Literariko hat dich ja in diesen dunklen Strudel geworfen und mich durch den Riss gezerrt. Er hat mich dann mit in sein Schloss genommen. Das war kurz spannend, aber irgendwie auch ein bisschen doll. Mauern, Boden, Möbel, Tapeten, alles aus Büchern. Überall Bücher, Bücher, Bücher. Und das bei den Papierpreisen! Na ja, jedenfalls hat er mir seine Leidensgeschichte erzählt. Er als Inkarnation all deiner Witze über Literaturwissenschaften, mimimimi, armer missverstandener Dude, er, der eigentliche Held der Geschichte, aber freilassen wollte mich der Held natürlich nicht, sondern sperrte mich in einen Käfig. Kennst du das in Filmen, wenn Leute in Käfige gesperrt werden und die Gitterstäbe sehen eigentlich so aus, als könnte man sich da locker durchquetschen? So ein Käfig war das!

Ich quetschte mich also in nullkommanix durch die Stäbe und schlich mich aus dem Schloss raus. Dann musste ich eine Brücke passieren, die von einem Troll bewacht wurde. Der Trollwächter gab mir ein Rätsel auf und erzählte mir irgendwas über magische Dreiecke, aber eigentlich wollte er nur, dass ich den Satz des Pythagoras aufschreibe.

Übrigens, im Matheunterricht in der neunten Klasse habe ich ja immer PythagOras gesagt, also mit Betonung auf dem O, und mein Mathelehrer, Herr Dietermann, ist dann immer richtig an die Decke gegangen und hat gerufen: ›Es heißt PythAgoras!‹ Jedenfalls konnte ich das Rätsel ganz einfach lösen und durfte passieren. Dann hab ich zusammen mit drei verzauberten Prinzen in der Halle der Fantasma A Capella gesungen, um das Orakel der Weltliteratur zu beschwören, und Fantasma sagte mir schließlich, wo ich dich finde.«

»Heftig.«

»Heftig? Das ist alles, was dir einfällt? Na, du bist ja sehr eloquent. Das Orakel verriet mir übrigens auch, wie wir nach Hause kommen und wie wir Literariko besiegen können.«

»Ihr besiegt niemanden.« Der Vampirfürst hat sich während des Marielogs offenbar erholt und kommt mit gebleckten Fangzähnen auf uns zu. Plötzlich erscheint mitten im Raum eine Tür. Polternd öffnet sie sich und der Geisterjäger John Sinclair tritt heraus. Er reckt ein silbernes Kreuz in Richtung des Vampirs und namecallt: »Michael, Raphael, Gabriel, Uriel!«

Das Monster schreit auf. Feine, leuchtende Risse bilden sich um seinen Körper, dann verglüht es in einem Geräusch, das sich zu 60 % wie eine Explosion und zu 40 % wie Jazz anhört. Sinclair lächelt, geht auf die perplexe Marie zu und küsst sie auf den Mund. Sie stößt ihn angewidert weg, ruft: »Uäääh! Chauvi-Wichser!« und tritt ihm heftig zwischen die Beine.

Als der Geisterjäger mit hervorgetretenen Augäpfeln und nach Luft schnappend auf die Knie sinkt, verpasst sie ihm noch einen Haken gegen die Schläfe. Ich gehe zu dem beinahe Bewusstlosen und trete ihm in den Bauch, damit ich hinterher so tun kann, als hätte ich Marie von Anfang an geholfen.

»Wo waren wir?«

»Du wolltest mir erzählen, wie wir Literariko besiegen können.«

»Ach ja. Hiermit!«, sagt Marie und zieht aus ihrer Hosentasche einen alten, rostigen Schlüssel.

»Was ist das?«, frag ich. »Ein Schlüssel?«

»Das, mein Lieber, ist nicht irgendein Schlüssel. Das ist der Lektürenschlüssel.«

Also brechen wir auf, um uns Literariko zu stellen. Gerade schleichen wir durch einen Geheimgang ins Schloss unseres Antagonisten, als mir schwarz vor Augen wird.

Als ich aufwache, befinden wir uns am Ufer der Schwentine. Marie beugt sich grinsend über mich.

»Na, schau an, wer uns hier mit seinem Bewusstsein beehrt.«

»Was ist passiert?«, frage ich.

»Du hast dir im Geheimgang den Kopf gestoßen und bist ohnmächtig geworden. Ich musste dich den ganzen Weg tragen, na ja, schleifen wohl eher. Wie auch immer.«

»Was ist mit …«

»Literariko ist besiegt. Ich habe gegen ihn gekämpft. Es gab sogar Lichtschwerter! Und Lavaflüsse. Und ein Chor hat im Hintergrund richtig tief und finster gesungen. Ungefähr so: Dada … dadaaaa. Und irgendwann fand ich dann ein Schlüsselloch in Literarikos Torso, im O seines »Literariko«-Body-Tattoos. Da hab ich den Schlüssel reingesteckt und *puff.*«

»Und *puff?*«

»Jap, *puff,* Welt gerettet, alles im Lot.«

»Danke.«

»Nichts zu danken. Aber vielleicht passt du in Zukunft auf, über wen oder was du auf der Bühne so Witze machst, ja?«

»Versprochen«, sage ich.

Dann lachen wir beide.

TEXTE VON MONA HARRY

HERBST-MÖWE

Mäntel, Jacken
Mützen packen
Stiefel schnüren
Winde spüren

Bäume wackeln
Gräser zappeln
Wolken ziehn
Mit finstren Mien

Und am Strand sitzt eine Möwe
Trauert leis, weil sie gern flöge
Und den Urlaubern erhitzte
Fischbrötchen gekonnt stibitzte

Doch kaum ein Mensch ist noch in Sicht
Nur Strand und Sand und Salz und Gischt
Drum schmollt die Möwe nun und schreit
Und sehnt sich nach der Sommerzeit

NEBENSCHAU-PLÄTZE

Der Ernst der Lage kauft nen Kaffee
Und bringt mir auch noch einen mit
Ich nehm ihn gern und dann verschaffe
Ich mir etwas bessre Sicht

Wir stehen am Spielfeld der Diskurse
Und beobachten das Spiel
Da sind Zahlen und auch Fakten
Und Argumente gut fundiert

Da werden Schautafeln und Bilder
Von der Zukunft präsentiert
Strategien werden gedribbelt
Und Zeitrechnungen abgespielt

Das Geschehen ist kompliziert
Alles komplex und stark vernetzt
Das Publikum wirkt überfordert
Und von den Fakten leicht entsetzt

Doch – was das? Da ist Geschrei
Und Feuerwerk – so laut und bunt
Ein Nebenschauplatz kommt herein
Begeisterung im Publikum
Der Nebenschauplatz, der hier kommt
Ist prominent und pöbelt wild
Er schreit herum und wirft mit Popcorn
Ein roter Hering fliegt durchs Bild

Haben auch Sie Angst vor Realitätseinbrüchen?
Sind Ihnen Zahlen und Fakten über die Klimakatastrophe
einfach zu unbequem?
Passen die traurigen Augen der Tatsachen
Einfach so gar nicht in die Farbpalette Ihres Instagram-
Feeds?

Dann nehmen Sie jetzt:
Nebenschauplätze

Nebenschauplätze
Jetzt auch in Ihrer Umgebung!

Bei der Klimakatastrophe sieht das dann so aus:

Seit Jahrzehnten gibt es einen breiten wissenschaftlichen
Konsens darüber
Dass die Klimakatastrophe kommt
Wenn wir unsere Erde weiter so behandeln
Wie Michael Wendler seine Menschenwürde

Und da müsste man jetzt natürlich mal drüber reden
Dass das so nicht weitergehen kann
Dass die Politik noch viel mehr tun muss
Und was gegen die Kräfte und Lobbygruppen zu tun ist

Die sich so machtvoll dafür einsetzen
Dass wir unseren Enkeln nicht viel mehr als einen Haufen Staub hinterlassen werden

Also da könnte man drüber reden …
Oder wir reden über: Nebenschauplätze!
Jetzt auch in Ihrer Umgebung!

Zum Beispiel
Über *Lastenfahrräder*
Oh ja!
Lasst uns über Lastenfahrräder sprechen
Lastenfahrräder
Da bin ich emotional involviert
Da kann man mal so richtig schön dagegen sein
Lastenfahrräder werden den Klimawandel auch nicht stoppen
Lastenfahrräder sind ja auf dem Land gar nicht so praktisch
Lastenfahrräder sind doch die reinste *Provokation*
Lastenfahrräder haben die Kekse aus der Dose geklaut
Lastenfahrräder – das Arschgeweih des Alnatura-Adels

Und dann machen wir eine Talkshow
Oh ja, endlich mal wieder eine Talkshow
Und wir nennen das Thema *Verkehrswende*
Aber wir reden gar nicht über die *Verkehrswende*
Wir reden nur über *Lastenfahrräder*
Und wie wahnsinnig wütend uns *Lastenfahrräder* machen!

Und wo wir gerade dabei sind
Sollten wir uns dringend auch noch über Öko-Veganer*innen echauffieren!

Jawohl! Lass uns über diesen Torge reden
Torge, der mit seinen aus Fußnägeln geklöppelten Barfußschuhen
Und Jutebeutel aus Achselhaar
Im Unverpackt-Laden seine Deocreme für 25 Euro kauft
Die dann noch nicht mal funktioniert!
Das macht mich so richtig schön wütend!
Und es gibt ja auch Familien
Die sich diesen teuren Öko-Lifestyle gar nicht leisten können!
Aha, Torge, du bist überführt
Es geht dir gar nicht darum, das Klima zu retten
Du willst nur Aufmerksamkeit
Und dich in moralischer Überlegenheit suhlen

Der Ernst der Lage holt uns Popcorn
Und wir blicken aufs Geschehen
Der Nebenschauplatz ist jetzt nackt
Er kreischt und tanzt und alle sehen

Nur ihn

Die Zahlen und Fakten und Argumente
Stehen irgendwo im Hintergrund
Längst vergessen und niemand nimmt mehr
Strategien in den Mund

Dabei müssten wir dringend darüber reden, dass die Klimakatastrophe Vor allem arme Menschen treffen wird und bereits trifft
Wie CO_2 entsprechend seiner tatsächlichen Kosten bepreist werden müsste
Und wie durch eine Klimapauschale ärmere Haushalte entlastet werden könnten

Man müsste über Verantwortung reden
Verantwortung gegenüber unseren Enkeln
Und Verantwortung gegenüber Menschen an weniger privilegierten Orten dieser Welt

Also darüber könnte man reden oder
Wir reden über:
Nebenschauplätze
Jetzt auch in Ihrer Umgebung

Zum Beispiel:
Sollten diese Fridays-for-Future-Kinder gefälligst nicht die Schule schwänzen
Und oha, Greta ist mit dem Flugzeug geflogen
Und oha, Greta hat ein Brot aus einer Plastiktüte gegessen
Alle elf Minuten benutzt ein*e Klimaaktivist*in Plastik
Das wird man ja wohl nochmal sagen dürfen
Und zwar emotional, so richtig schön emotional

Also die Sache ist halt die:

Selbst wenn ein*e Letzte-Generation-Aktivist*in in nichts als Plastik gekleidet
In einem SUV zum Flughafen fährt
Und dann im Flugzeug von Hamburg nach Bremen fliegt
Mit einem Zwischenstopp in Dubai, wo sie Hundewelpen aus sibirischen Gewächshäusern isst

Selbst dann
Wäre das Anliegen dieser Menschen
Maßnahmen gegen die Klimakatastrophe zu fordern
Immer noch berechtigt

Denn es geht gar nicht darum, wie konsequent oder
vorbildlich sich Einzelpersonen verhalten
Weil wir dieses Problem ohnehin nicht nur auf
individueller Ebene lösen können
Sondern echte politische Maßnahmen brauchen

Es geht darum, dass diese Menschen auf der Straße
Themen und wissenschaftliche Erkenntnisse in die
Aufmerksamkeit zwingen
Die uns alle betreffen
Und die in der Politik und im Mediengebrüll sonst immer
wieder überhört werden

Der Ernst der Lage und ich sitzen
Im selben Boot auf einem Ast
Der Elefant im Raum, der macht sich
In unserem Boot noch etwas Platz

Ein roter Hering fliegt durchs Bild
Im Hintergrund kommt ein Gewitter
Der Ernst der Lage reicht mir Popcorn
Doch das Popcorn schmeckt längst bitter

GESCHICHTEN

Ich habe einen Raum
Wie einen Rucksack im Gepäck
Er fällt zwar ins Gewicht,
Doch hält sich meist bedeckt

Ich trage diesen Ort
Im Innersten nach außen
Ich heb mit jedem Schritt
Einen inhaltsschweren Haufen

Aus gesammelten Geschichten
Die sich in mir verlieren
Sie säumen Denkbahngänge
Und stehen in Spalieren

Und würd ich eines Tages
Die Tür zu diesem Raum
Entdecken und voll Fragen
Durchs Schlüsselloch reinschauen

Dann sähe ich, was da lagert
Was da schlummert, was da schwelt
Wie Geschichten sich in Schichten
Hier verdichten und erzähl'n

Der Teil des Raumes wär gefüllt
Mit Geschichten über mich
Die ich mir von mir erzähle
Und sie erzeugen eine Sicht

Auf mein Leben, auf mein Werden
Auf mein Wollen, auf mein' Takt
Und jedes Mal, wenn ich erzähle
Weicht die Geschichte etwas ab

Denn wie ich meine Worte wähle
Das schickt eine Sicht voraus
Ich treffe eine Auswahl
Wähl Perspektiven, lasse aus

Ich erzähl auch, was andre sagten
Was sie mochten, was sie störte
Meine Geschichten sind geprägt
Von den Geschichten, die ich hörte

Heut erzähle ich mich mutig
Und morgen vielleicht schwach
Ich bewerte, was ich tue
Ich deute, ich bedeute und ich geb Geschichten ab

Ich erzähl mich, also bin ich
Ich beschreib mein Bild von mir
Ich präg, wie ich mich sehe
Und das teile ich mit dir

Und ich trage einen Ort
Einen Raum mit mir herum
Verlor'ne Worte und Geschichten
Gesammelt steh'n sie rum

Ein Ort voll kleiner Wunder –
Narrative, die hier wohnen
Manch Erzählung ist umhüllt
Von einem Einband Emotionen

Bücher mit Sprichworten
Mit Werbe-Jingles und Sinnsprüchen
Slogans und Parolen
Stapeln sich auf kleinen Tischen

Poster an den Wänden mit Filmszenen
Die mich prägten
Und ein Wandtattoo voll Tiefe
Verspricht einen Sinn fürs Leben

Und ich stolpre durch die Welt
Wie durch ein Feld voller Geschichten
Glaubenssätze, Narrative
Und Klischees, die sich verdichten

Unentwegt drängt diese Welt
Mit Narrativen an mein Ohr
Sie dring' in mich hinein
Und ich halte sie mir vor

Mir sitzt oft wie ein Schal
Dieser Raum dann im Genick
Er deutet und er malt sich
In mein Weltbild Schritt für Schritt

Alles, was man ständig hört
Was man so erreichen müsste
Ein Baum, ein Kind, ein Haus
Und ein Auto an der Küste

»Und du musst etwas leisten
Nur dann bist du genug
Familie muss man ehren
Wasser ist nicht so dick wie Blut«

»Frauen sind zickig und hysterisch
Männer stark und dominant
Immer wieder diese Frage:
Wer hat bei euch die Hosen an?«

Ich bin umringt von Narrativen
Glaubenssätze von Kopf bis Fuß
Und die immer gleichen Skripte
Sickern mir in Fleisch und Blut

»Wer arbeitslos ist, ist nur faul
Und wer reich ist, hat's verdient
Pack das Glück beim Schopfe
Jede*r ist seines*ihres Glückes Schmied«

»Arbeit ist die wärmste Jacke
Kann man nicht genug betonen
Und jede*r kann es schaffen
Leistung muss sich wieder lohnen«

»Das regelt schon der Markt
Da muss man ihn nur lassen
Und Pausen, Pausen muss man sich verdienen
Nur dann darf man sie machen«

»Wer schön sein will, muss leiden
Und Männer weinen nicht
Alles wird gut, reg dich nicht auf
Am Tunnelende ist das Licht«

»Für dich wird er sich ändern
Nur du kannst den Mann retten
Und ich bin nicht wie die andren Frauen
Das musste ich versprechen«

»Boy meets girl, ganz einfach
Und dann wird alles gut«
Die immer gleichen Skripte
Sickern mir durch Fleisch und Blut

Denn ich trage einen Ort
Einen Raum mit mir herum
Gesammelte Geschichten
Gestapelt stehen sie rum

Mir sitzt oft wie ein Schal
Dieser Raum dann im Genick
Er deutet und er malt sich
In mein Weltbild Schritt für Schritt

Und wir müssen sie nicht glauben
Es reicht, dass wir sie wiederholen
All die Geschichten, Narrative
All die Klischees, sie wirken schon

Im Hinterkopf, ganz unbewusst
Ganz harmlos und ganz klein
Manchmal ohne, dass wir's merken
Schreiben sie sich in uns ein

Geschichten können unwahr sein
Und doch haben sie Macht
Werden sie auch widerlegt –
Was bleibt, ist der Verdacht

Lügen werden zwar nicht wahrer
Wenn man sie wiederholt
Und doch zeigen sie Wirkung
Wenn man sie oft betont

2018 sagte der amerikanische Rechtspopulist Steve Bannon,
um die Demokratie zu zerstören, müsse man vor allem die
Medien beherrschen, die Aufmerksamkeit binden
Flutet sie mit Scheiße, sagte er, »Flood the Zone with shit«

Lügen werden zwar nicht wahrer
Wenn man sie wiederholt
Und doch zeigen sie Wirkung
Wenn man sie oft genug betont

Wenn wir sie immerzu erzählen
Haben Geschichten Macht
Und in dem Raum in meinem Hinterkopf
Da machen sie sich Platz

Und darum: Hände hoch
Und Geschichten auf den Tisch
Ich krame in der Kammer
Ich verschaff mir Überblick

Glaubenssätze und Geschichten
Und Narrative ausgelegt
Ich will erkenn', was mich begleitet
Ich will sehen, was mich prägt

Was ich ständig wiederhole
Oft auch, ohne es zu merken
Ich will gründlich aussortieren
Und manches will ich stärken

Ich will mich fragen, was von Wert ist
Und welche Erzählungen fehlen
Welche Narrative wir **mehr** brauchen
Und dann will ich sie erzählen

Und ich trage einen Ort
Im Innersten nach außen
Ich heb mit jedem Schritt
Einen inhaltsschweren Haufen

Aus gesammelten Geschichten
Sie lenken meinen Blick
Sie deuten und sie malen sich
In mein Weltbild, Schritt für Schritt

DER MÄRZ-HASE

Ein warmer, schöner Frühlingstag
In einer Stadt in einem Park an einem See
Und Blütenstaub schwebt zart und leicht
Von Bäumen, leis wie Schnee
Der Tag dämmert im Sonnenlicht
So friedlich wie 'ne Fee
Ich dämmre mit ihm
Bis ich plötzlich etwas vor mir seh

Ich blinzle
Ist es *von Storch*, *Wolf*, *Kontré*?
Ein Kaninchen ist es
Sieht so aus, als *Höcke* es im Klee
Das Nagetier ist seltsam blau
Was ich nicht ganz versteh
Na ja, vielleicht ist dieses Tier
Ja bei der AFD
Doch nein, ich seh mein' Irrtum ein
Und erkenne jäh
Es ist ein *März*-Hase
Vielleicht hat er ein' im Tee

Denn der Hase wirkt ganz wunderlich
Als ob ihm etwas fehlte

Er schwankt nach rechts, er schüttelt sich
Und bläst in 'ne *Trump*ete
Dann läuft der Hase plötzlich los
Im Zickzack um die Teiche
Und verschwindet schließlich
Plötzlich bei den Wurzeln einer Eiche

Ich folge ihm recht zögerlich
Bis hin zu diesem Platz
Und steige dort, noch leicht verstört
Ins Rabbit Hole hinab

Der Gang ist dunkel, tief und kalt
Ich stolpere und falle
Dann lande ich vor einer Tür
Sie führt in eine Halle
Ich drücke nur ganz leicht
Die Tür bewegt sich schon
Denn diese Tür besitzt natürlich
Eine *Scharnierfunktion*

Scharnierfunktion, die: Ein aus strategischen Gründen gesetztes Thema oder Feindbild, mit dem sich breitere Zielgruppen erreichen lassen.
Beispiel: Statt »Ausländer raus« wird ein gefälligeres »der Gender-Gaga geht zu weit« gewählt

Ich betrete eine Halle
Mit Regalen bis zur Decke
Da sind Sätze voller Werkzeug
Und Rhetorik, ich entdecke
Ganze Waffenarsenale
Von Kampfbegriffen und Schlagworten
Propaganda-Pläne, manch Strategie
Ist hier verortet

Gleich vorne in der Halle
Steht böses Spiel mit guter Miene
Statt einer Kaffee- gibt es
Eine Kampfbegriffe-mach-Maschine

Greift man den Kampfbe-Griff und dreht
Dann sieht man, was der Effekt ist
Aus respektvollem Verhalten
Wird *Political Correctness*
Und dreht man dann noch etwas weiter
Noch ein kleines bisschen nur
wird aus Klimaschutz umgehend
Grüne Ökodiktatur

Und wenn jemand etwas tut
Das zweifelhaft oder echt falsch war
Wird aus *Jemand übt Kritik* dann
Ganz schnell mal *Cancel Culture*
Dann heißt es *Frühsexualisierung*
Wo man *Aufklärung* betreibt
Und aus Minderheitenschutz
Wird *Diktatur der Minderheit*

Das Ziel ist klar gesetzt:
Diskurs verminen und zerstören
Und nur zwei, drei Schritte weiter
Ist eine Dog Whistle zu hören

Dog Whistle oder Hundepfeife, die: eine Art codierte Sprache, bei der Tabubrüche (wie rassistische oder antisemitische Aussagen) in scheinbar harmlose Worte versteckt werden. Die eingeweihte Anhänger*innenschaft versteht das eigentlich Gemeinte sofort. Donald Trump ist für seine Hundepfeifen-Politik bekannt

Ich gehe weiter in den Raum
Und zufällig fällt mein Blick
Auf die zackigen Umrisse
Einer kleinen Trollfabrik
Man hört die Tastaturen klackern
Immer tippen, immer weiter
Hass und Hetze, Hass und Hetze
In allen Netzwerken verbreiten

Hinter der kleinen Trollfabrik
Ragen Säcke auf wie Berge
Säcke voll mit Fake-News
Um Diskurse zu verderben
An den Wänden hängen Rahmen
Schwarz und weiß und voller Angst
Damit das Framing aller Themen
Reibungslos erfolgen kann

Framing-Effekt, der: Aussagen werden in einen wertenden Rahmen gesetzt. Rechtspopulist*innen verwenden gerne Framings der Angst oder der Opferrolle.

In der Mitte dieser Halle
Ist ein Buffet nett angerichtet
Denn auf Diskurs-Delikatessen
Will man nur ungerne verzichten
In der Mitte eines Tisches
Steht aus der Küche nur ein Gruß
Ein Schälchen, bis zum Rand gefüllt
Mit Whataboutis-Mus

Whataboutismus, der: Rhetorisches Ablenkungsmanöver. Ein Missstand wird durch den Verweis auf einen anderen Missstand relativiert.

Beispiel: »Da verhungern vielleicht Menschen im globalen Süden, aber was ist denn mit unseren Obdachlosen hier?!«

Getränke stehen auch bereit
Bestimmt ist Korn im Tee drin
Auch ein Fischgericht wird präsentiert
Serviert wird roter Hering

Red Herring oder Roter Hering, der: taktischer Versuch, die Aufmerksamkeit vom eigentlichen Thema auf ein Randthema zu lenken.
Beispiel: »Jaja, Klimawandel, da müssen wir vor allem darüber reden, dass man sich nicht einfach auf der Straße festkleben darf.«

Der Tisch ist prall gefüllt
Der Blick vom Tellerrand fällt schwer
Doch bevor ich weitergehe
Fällt mein Blick noch aufs Dessert
Man nimmt ein großes Stück vom Kuchen
Serviert wird süße Opferrolle
Garniert mit Kirschen und Rosin'
Falls manche Cherrys picken wollen

Cherry Picking oder Rosinenpicken, das: pseudowissenschaftliche Argumentationstechnik, bei der gezielt nur Belege herausgepickt werden, die die eigene Meinung stützen, während die breite Datenbasis bewusst ignoriert wird

Ich geh weiter durch den Raum
Seh Flugblättern zu beim Fliegen
Ein kleiner Ofen an der Wand
Wird mit Gaslighting betrieben

Verschwörungsmythen-mach-Maschinen
Sieht man in der Ecke stehen
Und an einer Eichenschrankwand
Seh ich einen Strohmann lehnen

Strohmann-Argument, das: Erzeugung des Eindrucks, ein gegnerisches Argument zu widerlegen, obwohl eigentlich eine Aussage bekämpft wird, die die andere Seite gar nie gemacht hat.
Beispiel: »Von wegen Klimawandel, draußen schneit es doch!« *(Ja, aber niemand hat je behauptet, dass Klimawandel bedeutet, dass es nie wieder schneit)*

Das Ziel ist klar gesetzt:
Diskurs verminen und zerstören
Um die Demokratie langsam
Von unten auszuhöhlen

Vielleicht bedient sich mancher hier
Auch einfach nur aus Trotz
Doch wer beim Pilz am falschen Ende nascht
Dem wächst es über'n Kopf

Und ein paar Schritte weiter
Seh ich den *März*-Hasen spazieren
Ein Ruder zum Zurückrudern
Scheint ihn zu interessieren

Vielleicht sucht er auch den Hutmacher
Um mit ihm Tee zu trinken
Wir hoffen mal, er war nicht hier
Um Anregung zu finden

Was der *März*-Hase hier wollte?
Keine Ahnung
Vielleicht hat er sich nur verlaufen
Doch wer von blauen Pilzen nascht
Dem würde ich nicht trauen

SALONFÄHIG

In einer Welt aus vielen Schichten
Steht eine Stadt an einem Rand
Oder ein Stadtrand lehnt beständig
An der Welt der Großstadt an
Vielleicht auch im Hinterland
Wo überall, das bleibt wohl strittig
Doch geografisch ziemlich sicher
Recht weit rechts und doch sehr mittig

Steht eine Ansammlung von Häusern
Und steht ein für ihre Meinung
Und sieht man genauer hin
Erkennt man ihre rechte Neigung
Im frühen Morgennebel sieht man
Keinen Horizont zum Weiten
Dafür pausenlos Gestalten
Wirre Flugblätter verbreiten

Es ist noch früh, manch eine*r schläft noch
Träumt vom homogenen Volk
Und manch Händler auf der Straße
Verkauft nationalen Stolz

Humanistischen Gedanken
Begegnet man gern mit Vertreibung
Und manch Gestalt trägt ohne Not
Ein Rückwärtsgewand als Kleidung

Hier geht man weit, hier geht man zu weit
Aber niemals nicht mit der Zeit
Denn wenn man immer nur nach rechts abbiegt
Bewegt man sich im Kreis
Der Tabubruch wird hier produziert
Er wird hier nicht behoben
Auf einer Schubkarre das Sagbare
Und wird immerzu verschoben

Manch Bauweise ist gewagt
Manch Vorwand steht rückständig
Und die Statur einer Opferrolle
Thront ganz unverfänglich
Auf dem Marktplatz steht ein Strohmann
Und dort kaum übersehbar
Hängt das Schild zu einer Kneipe
Die da heißt:
Die »Kaum-Vertret-Bar«

Und neben einer Eichenhecke
Die immer schon so stand
Gleich dort hinten in der Ecke
Mittig und am rechten Rand
Steht ein Gebäude, erst ganz unscheinbar
Im Hinterhof versteckt
Ein kleiner Durchgang führt zu einem Ort
Einem Ort mit einem Zweck

Fast wie ein Friseursalon
Oder ein Kosmetikladen
Tritt man ins Gebäude ein
Ist da ein Raum voll greller Farbe

Bequeme Drehstühle vor Spiegeln
Kämme, Scheren, Schminkpaletten
Und scheinheilige Versprechen
Spenden Lichter von den Decken
Hier wird emsig umgestylt
Was nicht zur Außenwirkung passt
Und manch rechtsextreme Ansicht
Wird salonfähig gemacht

An den Haar'n herbeigezogen
Sitzen hier so manche Sätze
Die man lange nicht gewagt hat
In voller Offenheit zu sprechen
Manches ist verfassungswidrig
Manches gegen Menschenrechte
Misogynie und Menschenhass
Sitzen hier ebenso wie Hetze

Recht extremes rechtsextremes
Ideengut wird hier behandelt
Und sein Aussehen aufgehübscht
Und in salonfähig verwandelt
Manch Bärtchen wird abrasiert
Doch die Gesinnung bleibt erhalten
Wer massentauglich scheinen will
Muss unverdächtig sich gestalten

Mit Lidschatten werden eilig noch
Ressentiments versteckt
Und manch Menschenbild wird gründlich
Mit Concealer abgedeckt
Selbst Maniküre wird gern angewandt
Auch wenn man das nicht dächte
Hier gibt es nicht den linken Haken
Sondern die gut gepflegte neue Rechte

Ein bisschen Botox, um den Anschein
Von Engstirnigkeit zu meiden
Und rechte Hetze wird hier rasch
Als Meinungsfreiheit noch verkleidet
Manchem Hass wird mit der Schere
Noch ein frecher Bob geschnitten
Dann kann ein frecher Bob am Stammtisch
Diesen Satz leichthin aussprechen

Hier und da malt man noch Werte
Ins Gesicht, so als Fassade
Doch die Menschenfeindlichkeit darunter
Die nimmt keinen Schaden

Und an der Rückwand des Salons
Lässt man den Blick dahin abschweifen
Liest man in großen Druckbuchstaben
Damit es alle auch begreifen
Eine Anleitung für rechten
Populismus in drei Schritten
Manch Gast hier im Salon liest sie
Mit zustimmendem Nicken

Da steht:

Rechts-Populismus in drei Schritten

Erstens: Demokratische Grundwerte, wie Menschenrechte, Gleichheit, Inklusion und Minderheitenschutz, als ideologisch vergrämt und totalitären Tugendterror bezeichnen

Zweitens: Ständig ablenken, im Thema springen, die Gegenseite mit Falschaussagen überhäufen und wenn man damit konfrontiert wird, einfach alles abstreiten

Und Drittens: Angst schüren, Hass schüren und ein Feindbild suchen (am besten eine Minderheit) und dann hetzen, hetzen, hetzen, hetzen, hetzen

Populismus ist so einfach
Man muss sich nicht mal informieren
Und die Komplexität der Welt
Kann man einfach ignorieren
Demokratische Grundwerte werden
Hier emsig untergraben
Und man beginnt mit grellen Farben
Neue Feindbilder zu malen

»Wokeness« und trans Personen werden eifrig
Als Gefahren ausgemacht
Und auf Zielscheiben gezeichnet
Das Genderthema wird gesetzt
Das ist Kalkül, das hat System
Denn dieses Feld mobilisiert viel mehr
Als andre rechte Themen

Und da versammelt sich dann mancher
Der sonst gar nicht rechtsextrem ist

Christliche Fundamentalist*innen
Und besorgte Eltern, die versteh'n sich
Plötzlich dann mit Populist*innen
Und mancher Mann vom rechten Rand
Gibt bei dem Thema gern sogar
Noch mancher*m Linken seine Hand
Konservative und Autor*innen
Machen sich zum Streit bereit
Alle vereint in den Kulturkampf
Gegen die queere Minderheit

Transhass, der schweißt zusammen
Transhass mobilisiert
Um die Kampagne noch zu stärken
Wird sie üppig finanziert

In Vorbereitung auf die nächsten US-Wahlen
Haben Republikaner*innen das Thema Trans- und Querhass für sich entdeckt
Ganze Wahlwerbespots drehen sich nur um den Hass gegen trans Personen
Auf dem Rücken einer ohnehin schon diskriminierten Minderheit
Wird ein Kulturkampf beschworen
Parallel dazu nimmt die Gewalt gegen queere Personen stetig zu
Wenn es um die Beschränkung von Grundrechten einer queeren Minderheit geht
Ist Ron DeSantis in Florida der grausame Vorreiter
Und im Mai 2023 besuchte eine prominente Delegation der CSU
Rund um Andreas Scheuer genau diesen Ron Desantis
Er teile die Analysen von Desantis, schrieb Scheuer
Angesprochen auf dessen Politik gegen Minderheiten

Aber im Ernst, auch wenn ihr selbst bei Genderthemen
Manches nicht versteht
Auch wenn ihr manches komisch findet
Passt auf, mit wem ihr auf die Straße geht

Denn hinter manch gutbürgerlich gepflegter Frontfassade
Trägt mancher mit sehr viel Kalkül Demokratie zu Grabe
Ein Thema wird befeuert
Um Gesellschaften zu spalten
Und einer Minderheit versucht man
Ihre Grundrechte zu streichen

In einer Welt aus vielen Schichten
Steht eine Stadt an einem Rand
Und rechtsextremes Denken sickert
Wie Gift in dieses Land
Rechte Ecken dring' nach Innen
Und unentwegt sind sie am Sägen
Um Demokratische Grundpfeiler
Zu zerstückeln und zerlegen

Und dort, wo pausenlos Gestalten
Schrille Flugblätter verbreiten
Bleibt nicht nur im Morgennebel
Noch sehr viel Horizont zum Weiten

TEXTE VON FLORIAN HACKE

MÖWOLUTION

Hört gut zu, Möwen, ich hab einen Plan:
Seht ihr am Kai diesen Kreuzfahrtkahn?
Diesen Stahlplattenbau mit rußigem Rauch?
Und den »All-You-Can-Eatlern« mit zu viel im Bauch?

Fliegt hin und entreißt ihnen alles Gebäck.
Und dann scheißt ihnen fleißig auf Hut und Gepäck.
Und wenn ihr sie rufen hört: »Ach, das bringt Glück!«
Ladet nach und fliegt fortan täglich zurück.

Und wenn das noch nicht reicht,
streicht nicht gleich die Segel:
Dann zeige ich euch von Hitchcock
Die Vögel.

WIE ICH SCHAUSPIELER WURDE

Zeit meines Lebens hat mein Vater, wenn ich zuhause Quatsch gemacht habe, zu mir gesagt: »WIR SIND HIER NICHT AUF DER SCHAUSPIELSCHULE.«

Ich wusste nicht, was eine Schauspielschule ist, aber es klang nach dem besten Ort der Welt.

Weil die Kinder, die beim Völkerball immer zuletzt gewählt werden, irgendwann auch mal selber entscheiden wollen, wann und wofür sie sich schämen, landen sie mit ziemlicher Wahrscheinlichkeit in der Theater-AG. Nichts heilt eine Gruppe ausgestoßener kleiner Kinderseelen so gut, wie mittwochnachmittags im endlich leeren Schulgebäude einen Ball hin- und herzuwerfen und dabei inbrünstig *tschummbumm* zu rufen. Und obwohl es darauf nicht ankommt, fällt der Ball sogar manchmal nicht runter!

Unsere Theater-AG-Lehrerin hieß Frau Schlotzgruber. Sie hatte *natürlich* hennarot-gefärbte Haare mit grauem Ansatz, trug mehrere Kilo Bernsteinringe und Türkisbroschen und ihre weiten asymmetrischen Röcke rochen nach Veilchen und Gemüsebrühe. Wir probten ein Jahr lang irgendeine zeigefingerige Version von Arche Noah oder Weltuntergang oder irgendwas mit Klima. Ja, wir wussten 1988 schon Bescheid! Und ich war rothaarig und dick und Brillenträger, aber ich war dabei und meine Rolle war die des Regenschirmverkäufers Benjamin. Regenschirmverkäufer. Wegen Sintflut und 5.-Klasse-Kapitalismuskritik, klar. Ich war nicht gut im Schauspielern. Wir waren alle nicht gut, aber das war uns allen nicht bewusst. Wir probten Szenen und übten Lieder, es gab sogar eine Choreo, weil Sandrine konnte Jazzdance, und unsere Kulissen waren selbstgemalt, mit Herzblut – und das ist keine Metapher. Dann war Premiere und alle kamen in die Aula. Alle. Es war sehr hell auf der Bühne, aber ich konnte sehen, wie die Leute mich anstarrten. Mein Text, das weiß ich noch, lautete: »Hagel, Regen, Schnee, let's go, die Schirme gibt es bei *Rain und Bow*. Für jede ... jeden ... für ...« – dann wusste ich nicht weiter. Ich stand alleine auf der Bühne, es war totenstill, alle guckten mich an und die Souffleuse war Ann-Katrin, die war zu schüchtern, um mitzuspielen, aber es stellte sich raus: Sie war auch zu schüchtern, um zu soufflieren. Gefühlte zwei Stunden stand ich da und alle starrten mich an und begannen, zu flüstern und zu kichern. Es war der schlimmste Moment meines Lebens. Hätte es damals schon Handykameras und YouTube gegeben, dann wäre ich wahrscheinlich jetzt tot. Totgeschämt. Von da an wollte ich natürlich unbedingt Schauspieler werden, denn so schlimm das war, es war der beste Weg, der Tristesse der hannöverschen Südstadt in den späten 80ern zu entkommen.

Für mich war klar: Ich will auf die Schauspielschule. Meine Eltern wollten das natürlich nicht, aber das war für mich nur noch mehr Grund, quer durch Deutschland auf Vorsprech-Odyssee zu reisen.

Eine Schauspielschule ist die elitäre und im besten Falle staatlich subventionierte Version einer Theater-AG. Endlevel. Hierher schaffen es nur die besten, toughesten, die, die es am meisten wollen. Es war das Ziel all meiner Sehnsucht: »Bitte, machen Sie jetzt Quatsch, WIR SIND HIER AUF DER SCHAUSPIELSCHULE!«

Und nach Blamage in Bochum, Entsetzen in Essen, Missfallen in München und Häme in Hamburg wurde ich tatsächlich in Rostock auf der Schauspielschule genommen. Alte Ostschule. Handwerk. Es roch nach Tränen, Schweiß und Kohleofen. In einer Stadt, die dich durch nichts vom Studium ablenkt. Ja, klar, Strand, aber ich bekomme selbst vom Mondlicht Sonnenbrand, da war die Probebühne der sicherste Ort der Welt. Und der Schönste.

Wir waren elf von 1 000, die sich beworben hatten, und fühlten uns genauso verunsichert wie auserwählt, bis wir in der allerersten Stunde unsere sehr alte Dozentin trafen. Sie war blind, aber sie hörte schon, wenn wir *einatmeten,* ob wir den nächsten Satz *gedanklich durchdrungen hatten.* Wir liebten und fürchteten sie gleichermaßen, sie war der goldene Drache der Weisheit und Frau Malzahn in einer Person. Das Erste, was sie zu uns sagte, war: »Ihr werdet lernen, auch mal zwei Stunden Schande auf der Bühne zu ertragen!« Und von da an wusste ich: Hier bin ich richtig!

Man wurde offiziell aufgefordert, sich vier Jahre lang ausschließlich mit sich selbst zu befassen, aber immer durch die Augen der anderen. Es war schön und schrecklich, vernichtend und erhebend, und ich würde es immer wieder so machen, denn es war die beste Zeit meines Lebens.

Rückblickend war aber nicht alles okay. Eine Dozentin warf regelmäßig mit ihrem Schlüsselbund nach uns oder sagte immerzu: »Wenn ihr mich langweilt, muss ich rauchen.« Und qualmte dann sechs Wochen durch, während wir durch »Minna von Barnhelm« stolperten. Oft sollte man »über seine Grenzen gehen«, was bisweilen gut, manchmal sollte man »gebrochen« werden, was meistens nicht gut war, aber wir wünschten uns das auch, weil schon bei Schiller hieß es:

»Die ewige Beglaubigung der Menschheit sind ja Thränen«.

Und wenn man bei der Probe irgendwann aus echter Erschöpfung und inständiger Verzweiflung nur noch weinen konnte und schließlich der Dozent sagte: »UND JETZT LASS DEN TEXT AUS DIR HERAUSFLIESSEN!« – dann fühlte sich das an, als würde man endlich ein bisschen dazugehören.

Ein Dozent wollte mir immer zum Coming-out verhelfen. Man sah mir an, dass mich irgendetwas wahnsinnig beschäftigte, meinte er, aber das war nicht mein wirkliches Problem, ich war da längst heimlich mit Doris zusammen. Ich hatte ziemlich schlimm Bulimie und war damit total überfordert, aber Bulimie kannte mein Dozent nicht. Er war aufgewachsen in Anklam. Das war bestimmt zum Kotzen, aber die hatten ja nichts.

Und nach der Schauspielschule ging es ans Stadttheater. Das war das logische nächste Ziel meiner neuen Träume, so hatte ich das gelernt. Für 980 Euro netto im Monat sieben Tage die Woche spielen, spielen, spielen. Mit gebrochenem Bein, Bronchitis oder Burnout, der Lappen musste hoch. Der einzig gute Grund, eine Vorstellung abzusagen, wäre das eigene Begräbnis gewesen, und selbst das hätte uns nicht abgehalten. Das Stadttheater ist *die* Institution in Deutschland, wo man auf der Bühne die Revolution propagiert, die hinter den Kulissen ihre Kinder längst gefressen hat. Stadttheater kann man sehr gut mit einem Satz zusammenfassen: Menschen mit Kurzzeitverträgen machen für weniger als Mindestlohn Kompromisse, während der Intendant findet, er gehöre eigentlich an ein größeres Haus. Das ist natürlich übertrieben, aber es stimmt trotzdem.

Man wird nicht berühmt am Stadttheater, aber manchmal wird man erkannt. Ich war einmal beim Hautarzt zum Check-up, Hautkrebsvorsorge, und da zieht man sich nackt aus und der Arzt guckt einem mit einer Lupe in jede Ritze und notiert Karzinomvorstufen. Er kniete gerade schräg rechts vor mir und hatte meinen Sack in der Hand, als er sagte: »Ich hab Sie gestern Abend in *Emilia Galotti* gesehen. Hat mir nicht gefallen.«

Damals wusste ich nicht, dass es okay ist, trotz des ungeheuren Privilegs eines Zweijahresvertrags am Stadttheater nicht glücklich zu sein.

Manche Dinge versteht man erst später.

Eine Alternative zum Stadttheater ist die Freie Szene. Das Off-Theater. Das ist der richtige Shortcut in die Altersarmut. Wer sich selber »frei« nennt, empfindet das Stadttheater natürlich als ein Gefängnis, klar, und beneidet und verachtet gleichzeitig die Sicherheit dieser städtischen Darstellungsbeamt*innen, die aus Bequemlichkeit gar keine richtige Kunst mehr machen *können*. Inhaltlich nimmt sich das oft nicht so viel, aber im Gegensatz zur Freien Szene weiß ein Stadttheater immerhin, *wie lange genau* zu wenig Geld da ist.

Ich wurde im Off-Theater mal gebeten, in meiner überschaubaren Endabrechnung unbedingt die Bezeichnung *Schauspieler* zu vermeiden. Denn als *Schauspieler* müssten sie mich sozialversichern, das sei finanziell leider nicht drin. Ich musste spitzfindig *Mitarbeiter* reinschreiben, dann ging das ohne Versicherung. Dann spielst du auf der Bühne eine Performance über die soziale Kälte in Deutschland und in echt bist du nicht krankenversichert. #real

Berühmt wird man im Off-Theater auch nicht.

Berühmt werden kann man beim Film oder beim Fernsehen, obwohl Berühmtwerden natürlich keine Fragen des Alltags, des Lebens, der Welt beantwortet – gar keine. Ich kenne ein paar sehr oder weniger berühmte Schauspieler*innen, die mir sofort bestätigen würden, dass jedwede Illusion von Ruhm das kalte Loch im Herzen auch niemals stopft. Genauso wenig wie Eiscreme oder Pudding. Manche Dinge versteht man erst später.

Im deutschen Fernsehen verhält es sich mit der Besetzung ähnlich wie mit dem Durchzählen nach der Kaffeefahrt:

Man möchte möglichst wenig Rentner*innen verlieren. Deswegen sind die Drogendealer Schwarz, die Terroristen Muslime und die junge Tochter aus gutem Hause ist Veronica Ferres. Das gibt Sicherheit. Moderiert Florian Silbereisen nicht nur die Volksmusikparade, sondern spielt auch den Traumschiff-Kapitän, dann ist der Schreck nicht so groß, wenn man zwischen zwei Sendungen kurz eingepennt ist und beim Aufwachen gar nicht mehr weiß, was man da eigentlich guckt.

Außerdem ist das nur legitim, wenn Laien auch mal große Rollen im Fernsehen kriegen. Wenn Jan Josef Liefers ernsthaft und mit betroffener Stimme bei *Hart, aber fair, Maischberger, Markus Lanz, Kölner Treff* und *3 nach 9* die Coronamaßnahmen kommentiert, dann ist wohl auch bald Zeit, dass Christian Drosten bei *Tatort* mitspielt.

Ich bin nicht berühmt, aber mir gehts gut. Auch weil ich inzwischen gelernt habe, dass Kunstschaffende gleichzeitig völlig fremden Menschen gefallen können müssen *und* dass dieses Gefallen am Ende trotzdem nichts über den Wert der Kunst oder den Wert derer aussagt, die sie erschaffen.

Das ist hilfreich, wenn heute wieder irgendjemand anonym einen Kommentar schreibt und mir die urdeutsche Darstellerlegitimation entziehen will, mit den furchtbaren Worten: »Wer bist du überhaupt, du spielst ja NICHT MAL IM TATORT MIT!!1«

Und wenn heute im Supermarkt jemand sehr Trauriges und sehr Dünnes im dicken Pullover vor mir an der Kasse steht und acht Packungen easy Erbrechbares wie Eis oder Pudding aufs Band packt, dann lege ich heimlich eine Tube fluoridhaltige Zahnpasta dazu und flüstere: »Hey, manche Dinge versteht man erst später!«

CREEP

meine tochter ist drei
und neulich sitzt sie so beim essen
stochert im kartoffelbrei
und ich hätt es längst vergessen
wenn sie mich nicht plötzlich
von der seite angesehen hätte
und auf einmal sagt sie:
»papa, du bist schön!«

das war niedlich, klar
und eigentlich
muss man das nicht erwähnen
aber ich sitz da
und plötzlich kommen mir die tränen
meine frau sieht mich an
»bist du o. k.?«, hat sie gefragt
und ich antworte:
»das hat noch nie jemand zu mir gesagt«

flashback nach hannover
meiner alten heimatstadt
(die bis heut die scorpions
auf der visitenkarte hat)

da kam ich anfang der achtziger
in eine graue schule
und es gab vom ersten tag die labels:
loser oder coole

die mädchen hatten oilily-
pullover an und chucks
die jungs trugen levi's
und in den haaren wachs
und die regel galt sehr eisern
es gibt nur zwei sorten leute:
hübsch oder nicht –
daran glaubte ich bis heute

hand aufs herz, mir geht es gut
ich will keine komplimente
weder angeln noch geschenkt
doch beschleicht mich die dezente
leise ahnung, dass ich
seit ich denken kann und sehr verlässlich
überzeugt bin: ich bin florian –
und ich bin eben hässlich

you're a creep
you're a weirdo

meine grundschule
strotzte nicht vor diversität
westdeutschland, fünfundachtzig
bürgerliche naivität
nichts wich ab von der norm
nicht ein vater gastarbeiter
also gab man seinen frust
an den rothaarigen weiter

bisschen dick, dicke brille
feuermelder, schlecht in sport
ich war unbeliebt und schule
nicht mein allerliebster ort
dann kam ein tag im sommer
ich glaube, ende mai
auf dem heimweg musste ich
an ein paar halbstarken vorbei
ich weiß noch, wie sie guckten
und der eine mit der rechten
eine handbewegung machte
und dann johlte er und lachte

und ich trug mein blaues hemd
und ich war darauf so stolz
bis es juckte und es brannte
und das polyester schmolz
wie ein biss war da ein schmerz
und zuhaus hab ich entdeckt:
der hat mir eine kippe
in den kragen gesteckt

und es war nicht die brandblase
die ich heute noch als narbe
auf dem rücken wie ein zeichen
meiner wertlosigkeit trage
es war mein *liebstes* hemd
das verkohlt war und verbrannt
und die eiserne erkenntnis
die ich endgültig verstand:

manche quälen, manche leiden
und mit einsamer geduld
war ich sicher: ja, das muss so
ich bin selber daran schuld

you're a creep
you're a weirdo

später schritt der kippenwerfer
dessen namen ich noch kenne
und aus wohlerzogenheit
auch heute wieder nicht nenne
mal bei einer prügelei
auf dem spielplatz für mich ein
wollte er mich jetzt beschützen?
oder mich für sich allein?
sollte ich ihm dafür jetzt
vielleicht noch dankbar sein? ...
jedes mal, wenn ich ihn sah
stand ich wieder unter strom
halb aus angst, halb aus hoffnung:
spielplatz-stockholm-syndrom

what the hell are you doing here

alle hatten damals so ein freundschaftsbuch
das man rumgab, und dann schrieben
alle irgendeinen spruch
und ein wirklich cooler junge
dessen freund ich niemals war
fragte eines tages
ob er meins mal haben dürfe – KLAR!
und was dann dort stand
war für mein universum wie der urknall:
»was ich dir wünsche:
grüne pickel und einen unfall«

er hats nicht so gemeint
er war selber noch ein kind
was dann später alles so
diese erklärversuche sind
aber alle hams gewusst
und ich wusste ganz allein:
jemand wie ich musste dann wohl zurecht
ein unfallopfer sein

you don't belong here

bisschen dick, dicke brille
feuermelder, gut in mathe
ich suchte meine rolle
bis ich sie gefunden hatte
jedermann liebt doch einen klassenclown
erst kann man drüber lachen
und dann kann man ihn verhaun
meine eltern haben
jeden tag mir eingebläut:
»halt auch die andre wange hin« –
wow, was hab ich das bereut
nich hauen, nich schubsen
das ist echte nächstenliebe
auf dem schulhof heißt das:
wappne dich für deine nächsten hiebe

you're a creep
you're a weirdo

doch strukturen
die man einmal tief verinnerlicht
die kennt man und die sucht man
und entkommt ihnen nicht

die meisten jahre meines lebens
habe ich gedacht:
wenn mich wer mag
dann hat der etwas falsch gemacht
wenn jemand zu mir sagte:
»ich liebe dich«
flüsterte eine stimme leise:
ey, was stimmt denn mit dem nicht?
mich zu lieben, ist ein fehler
denn ich bin nicht liebenswert
und wenns doch wer tut
dann ist bestimmt bei dem etwas verkehrt

I'm a creep
I'm a weirdo
what the hell am I doing here
I don't belong here

warum ich das erzähle?
ich kann nicht der einzige sein
andern gings vielleicht genauso
und dann sind wir nicht allein

denn jeder rennt mit seiner
geschichte durch die welt
mit erinnerungen, manche schön
und manche, die noch quält
andre hattens weitaus schlimmer
ich werf keine ersten steine
ich hab selbst genug geschunden
ich hab böse und gemeine
und verletzende geschichten
über andere erzählt
und woanders steht vielleicht wer und sagt
ich hab ihn gequält

man steckt oft ein und tritt es dann
aus not nach unten weiter
heute weiß ich das, doch damals
war ich leider nicht gescheiter

ich muss mir noch überlegen
wie ich meine kinder schütze
wie ich sachen sagen, dinge tun kann
die im notfall nützen
wie ich zuhörn kann und da bin
denn am ende ist nur wichtig:
ihr seid gut so, wie ihr seid
ihr seid liebenswert und richtig

ihr seid mehr als die gerüchte
und geschichten andrer leute
ihr allein könnt definieren, wer ihr seid
und nicht die meute
auf der straße, auf dem schulhof
in der uni und auf twitter
und ihr lernt auch
stürme auszuhalten und gewitter

gerne
hätte ich als kind gelesen
was ich heute schrieb:

halt dich fest an deiner liebe
you belong here
you're no creep

auch wenns wehtut, es wird besser
und wir lernen jeden tag:
seinen nächsten kann nur lieben
wer sich auch selber mag

ODE AN DIE KREUZFAHRT

Für mindestens drei Monatsmieten
Eine Woche seekrank sein
Auf einem Plattenbau aus Stahl
Mit tausend andren, nie allein
Den Selbstbetrug von *All inclusive* glauben
Weil man so viel blecht
(Vom dritten Teller Shrimps aus Bangladesch
ist allen schon ganz schlecht)

Zu jeder Mahlzeit vier Gin Tonic
Sonst lohnt das Paket sich nicht
All you can drink rechnet sich erst
Wenn man über die Reling bricht
Auf Landgang ohne Visum
Muss man festgelegte Wege gehn
(Zuhaus kann man dann stolz berichten:
»Ich hab jetzt die Welt gesehn!«)

Arbeitsplätze schafft die Kreuzfahrt richtig viele
Das stimmt schon
Der Reeder kriegt den Löwenteil
Die Putzkraft nicht mal Mindestlohn

Und fällt einer von Bord
Dann laufen Rettungsbootmotoren heiß
Ertrinken wird nicht gern gesehn
(Vorausgesetzt, der Mensch ist *weiß*)

Das mit dem CO_2 ist doof
Und Ruß und Müll, das wissen wir
Man wird sich wohl vergnügen dürfen
Ehrlich mal, das gönn ich mir!

Ich kann mir keinen Grund vorstelln
Warum man da mal mitmuss
Ich finde Kreuzfahrt scheiße
Und touristischen Imperialismus

THE ONE WITH TOO MUCH CHEESE

Meine Frau und ich waren kurz vor Weihnachten bei alten Schulfreund*innen eingeladen, die wir sehr lange nicht gesehen hatten – kaum, dass wir mit ihnen zusammensaßen, fiel uns auch wieder ein, warum. Bernd und Nicole sind eines von diesen Paaren, die schon immer zusammen waren, und niemand weiß so richtig, wieso. Nicht mal Bernd und Nicole.

Ich war mit Bernd zur Schule gegangen und meine lebendigste Erinnerung an ihn war, wie er mich gemobbt hatte, weil mein Pulli nur von C&A gewesen war und seiner von Benetton. Außerdem hatte er mich immer »fetter Pumuckl« genannt. Seine Theorie war, dass Pumuckl genauso fett sein müsste wie ich – er wurde nur nicht so gezeichnet, weil sie Tinte sparen wollten. Haha, classic Bernd.

Bernd und Nicole sind keine schlechten Menschen, bloß wirklich sehr, sehr langweilig, was man aushalten kann, solange noch genug Raclettekäse da ist. Und es war wirklich viel Raclettekäse da, aber irgendwann konnten wir nichts mehr essen und dann war es sehr still. Uns war klar: Jetzt, wo wir den Mund nicht mehr voll hatten, mussten wir ja ein Gespräch anfangen. Also unterhielten wir uns darüber, was man bei Raclette alles so überbacken kann. Stellte sich raus: alles. Dann erzählten wir uns, was es an Silvester bei uns zu essen gibt (Raclette). »Und bei euch?« – »Raclette.« Unvorstellbar!

Anschließend berichtete Nicole sehr ausführlich, wie sie ein IKEA-Regal so angestrichen hatte, dass es »überhaupt nicht mehr nach Ikea aussah«. Wie in diesem Song von Rainald Grebe.

In der darauffolgenden Stille merkten wir alle, wie der Käse in unseren Bäuchen zu Steinen geronn. Ich hatte aus meiner Uli-Stein-Serviette schon viermal die Titanic gefaltet, als meine Frau merklich an ihrer Halskette zog, um den blauen Anhänger ins Meer zu werfen oder sich damit zu erwürgen, bloß damit der Abend vorbei sein würde. Aus Verzweiflung sprachen wir dann darüber, welche Serien wir guckten, wenn wir gerade nicht mit irgendwelchen Leuten vor einem verkrusteten Raclettegrill saßen und uns wünschten, wir wären zuhause auf der Couch. Bernd und Nicole beteuerten ihre Begeisterung für die Serie *Friends.* Und ich liebe *Friends,* ich kann alle zehn Staffeln auswendig mitsprechen (wirklich), aber um ein bisschen Schwung in die Bude zu bringen, sagte ich betont beiläufig: »Hm, na ja, also *Friends* ist halt einfach auch total schlecht gealtert!«

Ich hatte meiner Frau versprochen, an diesem Abend nicht übers Gendern, den Klimawandel oder über Politik zu reden, aber *Friends* war meine Hintertür, die sie nicht hatte kommen sehen.

»Ja, darf man jetzt *Friends* nicht mehr gucken oder was!?«, tappte Bernd in die Falle.

Nicole sagte gar nichts, sondern legte Bernd beschwichtigend eine Hand auf den Arm, die er mit einer ruckartigen Bewegung wegstieß. Ich beobachtete meine Frau, die sich Wein nachschenkte. Ich hatte eigentlich damit gerechnet, einen Tritt ans Schienbein oder einen genervten Seufzer für das gebrochene Versprechen zu ernten. Stattdessen warf sie mir einen Blick zu, der bedeutete: Wenn du so weitermachst, müssen wir sie nächstes Jahr vielleicht wenigstens nicht mehr besuchen – gib alles!

Und mit der gleichen Beiläufigkeit, mit der ein Wissenschaftler im Versuchslabor eine neue Antifaltencreme auf einen glattrasierten Rattenhintern streicht, sagte ich: »*Friends* ist eine Serie, in der sechs unglaubwürdig gutaussehende Menschen, drei Männer und drei Frauen, alle weiß und heterosexuell, in Manhattan in Wohnungen leben, die sie sich im echten Leben niemals leisten könnten von den Jobs, zu denen sie so gut wie niemals hingehen.«

»Na ja, also, das ist ja …«, setzte Nicole an, aber ich ließ sie nicht ausreden: »Die Welt von *Friends* ist so divers wie ein Eimer Wandfarbe. In Staffel eins gab es einen Affen und in Staffel neun eine Afroamerikanerin!«

»Also, wenn du das jetzt SO …«, sagte Bernd.

»Sie sitzen ihr ganzes Leben lang auf derselben Couch und lassen sich von Kleindarsteller Gunther, der zu hässlich ist, um zur Gruppe zu gehören, Kaffee nachschenken und alle vier Sekunden lacht ein unsichtbares Studiopublikum über wirklich alles.«

Bernd schnaufte: »Früher durfte man das ja noch!«

Ich leerte so hektisch mein Weinglas, dass es an meine Schneidezähne stieß und ein Geräusch machte wie die Glocke, die beim Boxkampf die nächste Runde einläutet, und fuhr fort: »Die Schwarzhaarige war als Teenager richtig fett, worüber sich alle totlachen, denn früher war Fatshaming einfach funny. Jetzt ist sie natürlich superdünn, wegen der Ästhetik, und hat mehrere Zwangsstörungen, die sie aber zum Glück nie professionell behandeln lässt, weil man ja schon über ihre Figur nicht mehr lachen kann, aber Psychosen einfach immer noch mega funny sind!«

Nicole guckte unsicher zu Bernd, der sie ignorierte.

Ich kam langsam in Fahrt.

»Die Blonde ist ein verpeilter Hippie und hat wegen diverser Kindheitstraumata eine undiagnostizierte schizotypische Persönlichkeitsstörung. Sie glaubt an Magie, hört Stimmen und ist einfach super ›crazy‹, heute wäre sie vermutlich Impfgegnerin und hätte auf Telegram mehrere Verschwörungstheoriekanäle.«

Bernd atmete laut ein. Und dann wieder aus.

»Die Brünette ist eine verwöhnte Tochter aus gutem Hause, die nichts kann, aber alles für sich beansprucht, besonders, wenn sie es nicht haben darf. Ihre beste Eigenschaft ist ihre Frisur.«

»Die wollte ich früher auch immer ...«, wollte Nicole sich beschwichtigend einbringen.

»Psst!«, machte Bernd.

»Unter den drei Jungs gibt es einen langzeitarbeitslosen schlechten Schauspieler mit einem IQ von 12, aber alle Frauen wollen mit ihm schlafen, weil Frauen einfach darauf stehen, dass ein hübscher Hohlkopf sie fragt, wie es ihnen denn so geht. Dann gibt es den neurotischen Zyniker, dessen Vater als Drag-Queen in Las Vegas auftritt, und jetzt hat er panische Angst, dass ihn jemand für schwul halten könnte, und verhindert mit seiner Ironie jeden echten menschlichen Kontakt. Und dann ist da noch Ross. Ross ist die heimliche Hauptfigur von *Friends.*«

»Äh, wieso?«, fragten Bernd und Nicole irritiert, während meine Frau in der Küche noch zwei Flaschen Wein entkorkte.

»Ross ist Paläontologe mit hyperkafkaeskem Heiratsfetisch, der nicht will, dass sein Sohn, den er nie sieht, mit Puppen spielt, weil er schon von zwei Lesben aufgezogen wird, die Ross total peinlich sind.«

Bernd murmelte irgendwas von »woker Kackscheiße« in seinen spärlichen Bart, meine Frau schenkte mir nach. Es war ihr wortloser Appell, jetzt nicht aufzuhören. Und ich wollte sie nicht enttäuschen.

»Ross kann seine Liebe zur Wissenschaft mit niemandem teilen und steht so unter Druck, dass er am Ende zusammenbricht, als ihm auch noch jemand sein Pausenbrot stiehlt. Er wird suspendiert, darf über ein Jahr nicht mehr in seinem Museum arbeiten und muss in psychologische Betreuung.«

Bernd hatte inzwischen einen weiteren Daumennagel blutig gebissen. Nicole warf ihm einen zweideutigen Blick zu. »Das ist doch toll, wenn Männer ...«, begann sie, aber ich war nicht zu stoppen.

»Aus heutiger Sicht ist *Friends* die tragische Geschichte eines mehrfach geschiedenen Wissenschaftlers, der leider in die Psychose abrutscht. Seine Freund*innen sind hübsche, aber einfältige Flachpfeifen, die den ganzen Tag im Coffeeshop in eine Richtung gucken und ihn auslachen, weil er einen Uniabschluss hat.«

In Bernds und Nicoles Augen blitzte noch ein letzter Rest Lebenswille, deswegen setzte ich zum Endspurt an: »Wenn man so will, ist der Erfolg von *Friends* der Beginn des Unterganges von Amerika. Die letzte Folge lief 2004, im selben Jahr, in dem George W. Bush als Präsident wiedergewählt wurde, Paris Hilton ihr ›Buch‹ und Green Day das Album *American Idiot* veröffentlichte. Zufall? Nein. Die Pandemie hat wieder einmal bewiesen: Wissenschaftler sind NERDS, Lachnummern! Laber nicht, Dr. Fauci, nobody cares! Kommt, wir spritzen uns Bleiche, sagt Donald Trump, could that be any more hilarious?«

»Und wie geht die Serie zu Ende?«, fragte meine Frau betont unschuldig, die das Finale mit mir vor Jahren gesehen hatte, aber den Sack zumachen und nach Hause gehen wollte.

»Am Ende kriegt Ross keinen Nobelpreis, sondern die verwöhnte Brünette mit den tollen Haaren, die ihn bisher immer nur wollte, wenn er eine andere hatte und sie ihren Willen nicht bekam. Immerhin kommt sie auch nicht ganz ohne Strafe davon und muss für die patriarchale Vorstellung vom Glück innerhalb von vier Sekunden ihren Traumjob aufgeben, auf den sie zehn Staffeln hingearbeitet hat. HAPPY END!«

»Aber ... das Titellied ist toll!«, schluchzt Nicole mit Tränen in den Augen.

»Ja, genau«, sagte Bernd, »*I'll Be There For You* von den Rembrandts.«

»Die Rembrandts«, fiel mir ein, »waren ja damals eine aufstrebende Indieband, als ihr Song für die Serie ausgewählt wurde. Es war so ein kommerzieller Erfolg, dass die ursprünglichen Fans ihnen den Rücken kehrten und die Band sich auflöste.«

Meine Frau wollte los und klatschte viermal in die Hände. Wir standen auf und gingen Richtung Haustür. Bernd und Nicole hielten uns nicht auf, aber wenn wir langsamer gegangen wären, hätten sie uns vermutlich geschoben. Und bevor Nicole ihre übliche Leier aufsagen konnte (»Ja, okay, also dann bis nächstes Jahr!«), grätschte ich dazwischen: »Der Song beschreibt ziemlich akkurat eine ausweglose Co-Abhängigkeit auf dem Weg in die wohlverdiente Depression.«

»Das war unser Hochzeitslied«, sagte Bernd tonlos. Natürlich war es das. Ich sang leise:

Niemand hat dir gesagt, dass das Leben so sein wird
Dein Job ist ein Witz, pleite bist du auch
Dein Liebesleben ist klinisch tot
Irgendwie steckst du immer fest im zweiten Gang
Es war einfach nicht dein Tag, deine Woche, dein Monat
Nicht mal dein Jahr ...
Aber ... ich werd für dich da sein (Na toll, jetzt regnet's auch noch!)
Ich werd für dich da sein (War ich ja immer)
ICH WERD FÜR DICH DA SEIN
WEIL DU WIRST JA AUCH FÜR MICH DA SEIN!

Wortlos schlossen Bernd und Nicole die Tür.
Auf dem Nachhauseweg sah meine Frau auf die Uhr: »Erst halb neun, was machen wir jetzt?«

Ich schenkt ihr einen liebevollen Blick: »Sven und Juliane haben gefragt, ob wir noch vorbeikommen wollen.«

»Uff«, machte meine Frau.

»Ja, sie gucken heute Abend *Tatsächlich Liebe.*«

In ihren Augen begann es, zu flackern: »Du meinst den Film, wo Hugh Grant Premierminister ist und sich in seine Angestellte verliebt, obwohl sie Normalgewicht hat?«

Ich hatte einfach den besten Menschen der Welt geheiratet.

»Genau den«, sagte ich, »und Mister Darcy heiratet seine Putzfrau, obwohl er mit ihr noch nie ein Wort gewechselt hat.«

Meine Frau hakte mich unter und fuhr fort: »Colin, der blonde Sandwich-Incel, hat Samenstau, weil alle Britinnen frigide sind, deswegen fliegt er nach Amerika, wo sein Akzent sämtliche Frauen auf die Knie zwingt.«

»Am Ende …«, wollte ich einfügen, aber jetzt war sie nicht mehr aufzuhalten. »AM ENDE bringt er sogar eine heiße Braut für seinen Kumpel mit, weil Toblerone ist teuer.«

Also hörte ich ihr bewundernd zu.

»Professor Snape ist mit Emma Thompson verheiratet, aber die ist richtig alt, deswegen kommt Heike Makatsch und tut, was das Drehbuch für eine komplexe Figur hält.«

Wir hielten uns die Zeigefinger wie Teufelshörner an die Stirn und stöhnten zeitgleich sehr bemüht sexy.

»Dann schenkt er seiner Frau keinen Schmuck, aber sie bleibt bei ihm wegen der Rentenpunkte.«

Wir bogen um die Ecke, noch zwei Straßen bis zu Sven und Juliane. Meine Frau bekam gerade einen weiteren Energieschub: »Bilbo Beutlin arbeitet nebenbei als Pornolichtdouble, das ist noch langweiliger als alle drei Hobbitfilme zusammen, Karl, das bebrillte Bauchmuskelmodel, will Sex mit seiner Angestellten, aber die hat einen kranken Bruder und muss sich zwischen zwei Männern entscheiden, weil: Was soll Karl auch machen, das Date verschieben oder fragen, wie es ihr geht?«

In einer Minute würden wir vor Sven und Julianes Haustür stehen.

»Liam Neesons Frau ist tot, aber er soll nicht rumheulen, sagt Emma Thompson, sonst bumst ihn keine, aber das ist, bevor er Claudia Schiffer trifft, und seinem Sohn sagt er: ›Rede nicht mit Mädchen, sondern tu so, als ob du spannende Hobbys hättest.‹ Rick von *The Walking Dead* dreht ein Stalkervideo von Keira Knightley, die den einzigen Schwarzen heiratet, und zeigt ihr ungefragt ein Pappschild mit lauter Supermodels, die er jetzt daten will, weil er die auch auf ein Podest stellen kann, damit er niemals mit ihnen reden muss. Haben wir wen vergessen?«

Wir hatten unser Ziel erreicht und ich antwortete: »Billy Mack mit seinem Nummer-1-Hit *Christmas Is All Around Me* weil: Wenn die Leute viel Geld für Scheiß ausgeben, dann ist Weihnachten.«

Meine Frau drückte auf die Türklingel und zwinkerte mir verschwörerisch zu: »Wenn wir uns hier beeilen, können wir zuhause noch den einzig wahren Weihnachtsfilm gucken: *Stirb langsam!*«

TEXTE VON STEFAN SCHWARCK

ZEITENWANDEL

Still und leer liegt der Strand,
die Sonne hinter Wolkengrau,
rot lugt ein Sandförmchen
vergessen aus dem kalten Sand.

Der letzte Badegast ist abgereist,
am Himmel einsam eine Möwe kreist.
Kein Fischbrötchen weit und breit,
dieser Sommer ist Vergangenheit.

Kein gierig Federvieh zu sehen
auf Pollern und auf Pfählen,
das dir den Wohlgenuss verleidet
und deine Mahlzeit neidet.

Ein Aufatmen,
kein banger Blick nach oben,
kein pfeilschneller Angriff mehr
mit messerscharfen Schnäbeln.

Doch sei gewarnt:
Wenn der letzte Strand verödet,
die letzte Badestelle geschlossen
und das letzte Fischbrötchen genossen ist,
wirst du schon sehr bald merken,
dass Möwen auch gerne Glühwein klauen ...

VON WIKINGERN UND PFERDEN

Unlängst lag ich krankheitsbedingt vormittags auf meinem Sofa und klickte mich durch alle Sender des linearen Fernsehens. Es lief: Skispringen, Skifliegen, Springreiten – ich mag keine Pferde –, Fußball, Nachrichten, nochmal Springreiten – ich mag immer noch keine Pferde –, eine Talkshow zum Thema Corona, Nachrichten, Schmuck-Hökerei, Astro-TV mit Horoskopen und Tarot, nochmal Springreiten – das mit den Pferden habe ich bereits klargestellt. Nachrichten schaue ich nicht mehr gern, Sport im Fernsehen ist die Krönung der ungewollten Verödung grauer Zellen, finde ich, und während der Pandemie hatte ich sogar Netflix schon leergeschaut. Also was blieb da noch? Schließlich stieß ich – ganz weit hinten, fast schon am Ende der Programmliste –, auf eine Doku. Ich mag Dokus. Ich liebe Dokus. Manchmal muss es einfach eine Doku sein. Wissen kann nie schaden. Ich mag Dokus. Ich liebe Dokus. Manchmal muss es einfach eine Doku sein. Über alles Mögliche. Über Bauwerke und Kunstwerke, über Meere und Flüsse und Seen, über riesengroße Flugzeuge, die trotzdem fliegen, über riesengroße Flugzeuge, die trotzdem abstürzen – oder gerade deshalb. Über noch größere Schiffe, die trotzdem schwimmen – und über die, die stumpf gegen Eisberge fahren. Über berühmte Menschen und ihre Erfindungen, über das Weltall und den Traum vom Flug zum Mars oder über Aliens, die den Maya das Opfern von Menschen beigebracht haben. Eigentlich ist mir völlig egal, welches Thema da gerade behandelt wird. Ich habe mal einen ganzen Sonntag lang sieben Folgen über Gärten auf den britischen Kanalinseln gesehen. Nichts gelernt, aber es war alles schön grün.

Nur ausgerechnet an diesem krankheitsbedingt gelähmten Tag auf meinem pandemisch durchgelegenen Sofa lief im Fernsehen keines dieser Themen, die mich auch nur am Rande interessiert hätten. Keines. Nicht einmal eines aus der zweiten Reihe meiner vielfältigen Interessen.

Nur diese eine Doku am Ende der Programmliste über Pferde. Pferde! Ausgerechnet Pferde! Und dann ging es nicht mal um richtige Pferde, sondern um diese kleinen, dicken, zotteligen Zossen: Islandponys.

Immerhin, dachte ich, *Island!*

Cool, dachte ich. *Wikinger und so*, und ich sah Kirk Douglas vor meinem geistigen Auge und Mads Mikkelsen und Helme und Bärte und Schwerter und Fjorde und Langschiffe und … ich sah Islandponys. Und nix da, Islandpferde! Islandponys sind keine Pferde! Das sind struppige, kleine Ponys.

Dass die bei uns Islandpferde genannt werden, ist ein Übersetzungsfehler. Im Isländischen gibt es nur das Wort *hestur* – da gibt es kein eigenes Wort für Ponys. Braucht da auch niemand. Weil es da nur diese eine Sorte ungekämmter Ponys gibt. Und die sind eben klein. Wie es für Ponys üblich ist. Wenn so eine groß gewachsene Isländerin sagt: *fallegur hestur* – zu Deutsch: ein schönes Pferd –, dann meint die eines dieser wuscheligen kleinen Viecher. Ein kleines dickes Pony!

Als ich dann ein paar Minuten diesen kleinen Biestern im Fernsehen zugeschaut hatte, kam mir ein Gedanke. Die Wikinger stammen aus Norwegen und sind von da aus weiter nach Island gezogen. Und von da weiter in die Welt. Wenn die Pferde auf Island damals zur Wikingerzeit auch schon alle so viel kleiner waren, dann wäre das in den Filmen über Wikinger, die wir kennen, falsch dargestellt.

Dann müssten die Wikinger auf Islandponys reiten. Und das wäre ja auch viel einleuchtender. Die kleinen Klepper passen viel besser auf die Schiffe als große Pferde. Die Schiffe hießen damals zwar Langboote, aber viel größer als ein Hafendampfer waren die nicht. Und flach. Und wenn da jetzt so drei bis sieben stolze Araber-Hengste oder Holsteiner Kaltblüter draufstehen würden, dann wäre das eine bös kibbelige Angelegenheit. Da muss nur eine etwas ambitioniertere Welle daherkommen und die Gäule gehen über Bord. Und wie sähe das denn bitte aus, wenn da in so einem norwegischen Fjord bei der kleinsten Welle um jedes Schiff herum drei bis sieben Pferde rumdümpeln würden? Oder vor der Küste Irlands. Da waren die Wikinger, wie hinlänglich bekannt ist, ja des Öfteren auf Urlaub. Irland war das Mallorca der Wikingerzeit. Sagt man. Auf nach Irland! Grölen und saufen und Angst und Schrecken verbreiten.

Natürlich würde die Tatsache, dass die Wikinger in Wirklichkeit auf viel kleineren Tieren als im Film geritten sind, unser Bild von den bösen wilden Nordmenschen geringfügig revidieren. Man stelle sich vor: Eines schönen Tages im ersten Jahrtausend unserer Zeitrechnung sieht ein irischer Mönch von seinem Klosterturm über das weite Meer gen Norden. Am Horizont erscheint ein von steifer Brise geblähtes Segel. Am Bug des stolzen Langboots steht ein bärtiger und behelmter Wikinger mit wehendem Haar und furchterregend zusammengekniffenen Augen. Und links und rechts – also backbord und steuerbord – von ihm schauen sieben bis dreizehn knuffige Islandponys über die Bordwand. Mit wehenden Mähnen und dunklen Kulleraugen. Mit raushängenden Zungen. Freudig erregt und voller Vorfreude auf das saftige Grün der weitgeschwungenen Wiesen Irlands und die wunderbar exotischen Gewächse in den Kräutergärten der romanischen Klöster stehen die possierlichen Kleinströsser an der Bordwand, recken ihre kurzen Hälse und trippeln vor Aufregung mit den kleinen Hufen.

Und wenn die dann an Land gehen – oder gehoben werden, ich bezweifle, dass die alleine vom Schiff klettern können mit ihren kugeligen Bäuchen und den kurzen Beinen –, wenn die also an Land gehoben worden sind, beginnt das wahre Schauspiel: Sieben bis dreizehn stolze großgewachsene Wikinger mit hochgereckten Schwertern sitzen auf sieben bis dreizehn kleinen Islandponys.

Und die Füße der Reiter schleifen am Boden.

Und an Galopp ist da überhaupt nicht zu denken.

Kein *Dädäräm, dädäräm, dädäräm.* Kein *Attacke!* und so.

Nee, die Biester laufen nämlich im Tölt! Das ist eher so *blackunddeckerblackunddeckerblackunddecker* …

Welch majestätischer Anblick!

Ein weitgeschwungener Hügel im endlosen Grün Irlands.

Sieben bis dreizehn Wikinger mit hocherhobenen Schwertern und wehenden Bärten, Blutdurst im Blick …

… auf kleinen strubbeligen Ponys mit den niedlichsten Augen der Welt.

… mit am Boden schleifenden Füßen.

… im Tölt.

Blackunddeckerblackunddeckerblackunddecker …

Da würde ich mir als irischer Mönch auf meinem Klosterturm erst mal in Ruhe einen Kaffee machen und mich mit dem Kaffeebecher in der Hand an die Turmzinne lehnen und das Schauspiel in aller Ruhe genießen. Zumal die wackeren Wikinger ja auch zuerst vom Strand aus bergauf müssen.

Das höchst dramatische »Zuerst hörten wir das Dröhnen der Hufe und dann erschienen die furchterregenden Gesellen auf dem Gipfel des Hügels« muss aus rein topografischen

Gründen viel später eine Rolle in der Geschichte spielen. Zunächst müssen sie den Strand hinter sich bringen, dann den Hügel. Und da müssen die ja erst mal raufkommen.

Habt ihr mal auf einem Islandpony gesessen? Jeder Esel oder Corona-Leugner ist verhandlungsbereiter als diese sturen Viecher. Wenn die sagen: *Oh, Gras!* Dann meinen die: *Oh, Gras!* Und grasen. Und sieben bis dreizehn Wikinger sitzen auf ihren grasenden Islandponys und warten. Bis die putzigen kleinen Kerlchen fertig sind. Und dann geht es weiter. Und selbst wenn die irgendwann über den nächsten Hügel kommen, wird das noch lange nicht so spektakulär aussehen wie bei Kirk Douglas und Mads Mikkelsen.

Obgleich es vielleicht ein wenig imposant aussehen mag, wenn sieben bis dreizehn behornte Helme und Bärte und in die Luft gereckte Schwerter über dem Kamm des Hügels auftauchen, wird dieser erste Eindruck nicht so schrecklich lange wirken.

Spätestens wenn die über den Kamm des Hügels rüber sind und dann auf ihren kleinen Ponys mit am Boden schleifenden Beinen den Hang hinuntertackern, werden eventuelle Feinde einfach vor Lachen sterben.

Immerhin ist es rückenschonend. Die Fachwelt ist sich ziemlich einig, dass der Tölt der ausschlaggebende Grund dafür ist, dass die Zahl der Bandscheiben-OPs in der Wikingerzeit so niedrig war.

Kein Wunder, dass die Wikinger nicht die ganze Welt erobert haben.

Aber wenn sie die ganze Welt erobert hätten, würde die ganze Welt ganz anders aussehen. Dann hätten Islandponys sich überall durchgesetzt.

In Nordamerika. Zum Beispiel. Da waren die Wikinger ja bekanntlich. Wir stellen uns vor: John Wayne reitet dem Sonnenuntergang entgegen. Auf einem Islandpony.

Die Comanchen umkreisen mit furchterregendem Kriegsgeheul die Siedler. Auf Islandponys. Kleinen, dicken

Islandponys. Auf dem Gipfel des Berges erscheint: Winnetou. Häuptling der Apachen. Auf einem zotteligen kugelrunden Pony!

Oder Lawrence von Arabien und die vereinten Heere der arabischen Welt. Durch die Wüste! Gen Akaba! Auf Islandponys.

Und denkt mal an den Pferdesport! Springreiten. Statt Oxer und Doppeloxer und ähnlichem Unfug wäre das schwerste Hindernis auf dem Parcours eine Bank aus der Schulturnhalle nebenan. Falls das Vieh sich denn überhaupt dazu bequemt, loszutölten. Und auch dann ist es mehr als fraglich, ob es nicht einfach außen um die Bank herumgeht.

Oder Military. Diese institutionalisierte Tierquälerei. Mit Islandponys wäre Military ein köstlicher Spaß für klein und groß. Wenn die Reiterinnen und Reiter ihre Islandponys unter den Arm klemmen und durchs Gelände tragen müssen, weil die Tiere ja nicht so blöd sind, über dornige Hecken und meterhohe Zäune und Wassergräben so tief wie der atlantische Ozean zu springen.

Oder: Dressurreiten. Dressurreiten wäre mein Traum! Isabell Werth und Konsorten in Frack und Zylinder. Mit weißen Handschuhen. Stocksteif sitzend. Auf Islandponys. Im Hintergrund läuft Ravels Boléro und im Geviert läuft – nichts. Da steht einfach so ein zottiger kleiner Geselle in der Mitte. Mal ein bisschen Mähneschütteln. Mal ein bisschen Hufscharren. Mal ein bisschen »Prrrr«. Mehr nicht.

Wenn es auf der Welt nur Islandponys gäbe, würde ich mir auch Reitsport im Fernsehen anschauen.

Anmerkung: Der Autor wurde daraufhin gewiesen, dass die in diesem Text erweckten Bilder eher auf Shetland-Ponys zutreffen. Aus Gründen des Tierschutzes wollte der Autor aber keine Wikinger auf in der Tat sehr kleinen Shetties reiten lassen. Auch wenn die Wikinger an sich in Wirklichkeit viel kleiner gewesen sind als in populär-kulturellen Medien dargestellt. Eher so wie Hobbits …

ZUHAUSE

Ich habe mein Waschpulver gewechselt.
Nach vielen Jahren.
Das neue ist ökologischer, umweltfreundlicher. Es riecht anders. Es riecht ... irgendwie gar nicht.
Unparfümiert. Was gut sein kann.
Es kann gut sein, wenn Dinge nach nichts riechen.
Als die NASA vor urlanger Zeit zum ersten Mal ihre Space-Shuttles in den Himmel schoss, wurde nach der ersten oder zweiten Mission händeringend nach gebrauchten PCs und Laptops gesucht.
Weil die neuen Geräte stanken.
Nach neuen Geräten eben.
Und die Space-Shuttles zwar Fenster haben, aber niemand, der bei klarem Verstand ist, sie während des Fluges öffnen würde, um zu lüften.

Ich mag es, wenn Dinge riechen,
einen eigenen Geruch haben.
Einen Geruch, der sich im Gedächtnis festbrennt.
Einen Geruch, der untrennbar mit diesen Dingen oder den dazugehörigen Erlebnissen und Ereignissen verbunden ist.

Der Duft von Espresso am Morgen,
untrennbar verbunden mit der Aussicht aufs Meer
aus der offenen Schiebetür meines Vans,
irgendwo an einem Strand an der Ostseeküste.

Der Geruch der Erstausgabe des dänischen Dichters Ivan Malinovski,
die bei mir im Regal steht,
die mir mein Freund Peter geschenkt hat,
am letzten Tag meines Jahrs in Dänemark,
und die exakt so nach dem Antiquariat in Ålborg riecht,
wie es sein muss.

Der Geruch vom zarten Haarflaum auf den Köpfen meiner Kinder,
die, als sie ganz klein waren, an meiner Schulter einschliefen.

Der Geruch nach Hautcreme und Langhaar-Spray gegen Ziepen beim Kämmen und der Hauch von Nutellabrot-Geruch im Atem,
wenn ich meine Tochter in ihr Bett zurückgetragen habe,
die sich nach einem Alptraum zu mir aufs Sofa gerettet
und in meinen Armen wieder in den Schlaf gefunden hatte.

Der Geruch von selbstgemachten Burgern, Chips und Cola,
als mein Sohn und ich die NBA-Christmas-Games im Live-Stream gesehen haben
und für die wir uns bei der Familienweihnachtsfeier vorzeitig rausgeschlichen hatten.

Der Geruch der Lavendelkissen,
die meine Oma Kronshagen in allen Schubladen hatte.

Der Geruch von Schokolinsen,
die meine Oma Hassee in allen Schubladen hatte.

Der Geruch der Tomatensuppe mit Mehlklößen,
die meine Mutter so oft für uns gekocht hat
und die nur sie so hinbekam.

Der Geruch der Haut meines Vaters,
wenn ich als kleines Kind an seinem breiten Rücken
Mittagsschlaf hielt.

Der Geruch nach Kaminfeuer
im Sommerhaus meines Freundes Steffen,
30 Meter von der Ostsee,
als wir es in einer eiskalten Januarnacht
nach einem langen Strandspaziergang
und Muschelpflücken unter klarem Sternenhimmel
durchgefroren wieder betraten.

Der Geruch nach Tropical-Sun-Kokosöl,
das wir uns auf Interrail-Tour literweise
auf die blasse Haut geschmiert haben
für noch ein wenig mehr Bräune.

Der Geruch nach Pernod,
der mich jedes Mal zurückversetzt in das kleine Tabac
in einer Seitenstraße im 8. Arrondissement in Paris im
Sommer 1986.
Ich konnte den Geruch eine Zeitlang nicht ertragen,
aber das wundervolle Paris-Gefühl hat sich zum Glück
als stärker erwiesen als die Erinnerung an die siebzehn
Laternenpfähle zwischen dem Haus meines Kumpels Boris
und meiner Wohnung
und den Rest der Nacht vor der Toilettenschüssel.

Der Geruch nach M&Ms,
denen mit Nüssen drin,
die bei meinem Sohn immer auf dem Nachttisch standen,
als er krank war.

Der Geruch nach Essen von McDonald's,
wenn er die Medikamente wieder nicht vertrug
und nur der Geschmack von Chicken McNuggets und Cheeseburgern
den Geschmack der Übelkeit durch die Chemotherapie
etwas mildern konnte.

Ich erzählte meiner Tochter, dass ich mich beim Geruch von Mac and Cheese immer daran erinnere, wie sie nach der Schule die Wohnungstür aufgerissen, den Schulrucksack in die Ecke gefeuert und gerufen hatte: *Mac and Cheese! Gibt es Mac and Cheese? Das konnte ich unten an der Haustür schon riechen!*
Als ich sie fragte, ob sie sich daran erinnern könne, sagte sie nein. Aber an den Geruch des Chai Latte, den ich ihr in London immer morgens von Starbucks geholt und ans Bett gebracht habe, erinnert sie sich.
Der Geruch ist für sie fest verankert mit unserer Vater-Tochter-Tour nach London, Ostern 2014,
fest verankert mit dem Song *Dragging your Feet in the Mud* von Lydia, den sie damals immer gehört hat.

Der Geruch nach Meer,
egal welchem Meer,
das du schon riechen kannst,
bevor du um die letzte Ecke biegst auf dem Weg zum Strand.

Der Geruch des eigenen Kissens
in meinem Van,
wenn ich auf Reisen bin.
Mein Sohn hatte sein eigenes Kissen immer mit dabei,
wenn er wieder mal ins Krankenhaus musste.
Und wenn wir es vergessen hatten, war ich nochmal nach Hause gefahren, um es zu holen.
Weil es so gut »nach zuhause« roch.

Ich habe jetzt zwei Waschmittel bei mir zuhause. Das neue für den Alltag – und das andere für die schlechten Tage.
Die schweren Tage.
Die Tage, an denen es einfach »nach Zuhause« riechen muss.

YOGA ODER DER DORSCH

Mir wurde unlängst eine Midlifecrisis attestiert. Von meiner Tochter. Nur weil ich mir etwas gekauft habe. Als ich drohe, sie zu enterben, fragt sie: »Wovon denn?« und hört die nächsten drei Stunden nicht mehr auf zu lachen. Ich mag es, wenn Kinder auch im jungen Erwachsenenalter noch so herzlich lachen können. Außerdem finde ich eine Lebenserwartung von 112 Jahren gar nicht schlecht.

Ich öffne das Paket und verteile den Inhalt weiträumig um mein Auto. Die Einzelteile sind leicht zu identifizieren. Was mich schon mal beruhigt.

Ich habe mir ein SUP gekauft. So eine aufblasbares Stehpaddel-Board. Der Aufbau ist selbsterklärend. Wunderbar.

Ich puste das SUP auf. Es ist etwas größer als eine handelsübliche Luftmatratze, aber so schwer kann das ja wohl nicht sein, das Ding mit Luft vollzubekommen. Nach zehn Minuten brennen meine Lippen, ich habe Durst, meine zitternden Hände bekommen die Wasserflasche nicht auf. Egal, ich bezweifle, dass ich mit pfeifender Lunge überhaupt trinken könnte. Ich hole doch die Pumpe aus dem Karton.

Keine Stunde später ist das SUP voll. Der Strand auch. Kurz frage ich mich, ob ich nicht an einen einsamen Waldsee hätte fahren sollen. Aber he! Ich bin ein Kind des Meeres! Ich rühre nicht in Entenflott.

Ich lege das Board ins Wasser. Das Board tut, was es soll. Es schwimmt. Ich werte das als Teilerfolg. Ich knie mich auf das Board. Es wackelt. Ich bleibe trotzdem oben. Ein erster zaghafter Paddelschlag. Das Board und ich bewegen uns. In dieselbe Richtung. Ich bin der König der Wellen!

Ein kleines Kind auf einem Gummiflamingo überholt mich rechts. Das Wasser kräuselt sich. Die erste Bugwelle des pinken Badetiers erreicht mich. Ich stütze mich panisch vorne auf dem Board ab. Ich kentere trotzdem nach links. Ich denke darüber nach, die Badeaufsicht über das rücksichtslose Verhalten zu informieren. Überlege es mir angesichts der zahlenmäßigen Überlegenheit der Flamingos, Delphine, Dinos und Einhörner um mich herum, auf deren Rücken lauter windeltragende Aufsässige sitzen, anders.

Ich steige wieder auf das Board und paddle weiter. Ich komme vorwärts! Ich bin der König der Wellen!

Ich knie auf dem Board. Halte ganz still. Ich blicke ins Wasser. Meditativ. Bin eins mit der Natur. Ich sehe einen Dorsch. Alter! Wenn das Drecksvieh mich jetzt anstupst, gibt es heute Abend Fisch! Der lokale Moby Dick stupst mich an. Ich kentere. Strecke die rachedürstende Hand nach dem Dorsch aus. Der Dorsch ist schneller. Ich zerre mich wieder aufs Board.

»Du solltest das Paddel länger machen.«

Die Stimme kommt von oben. In Erwartung einer Gotteserscheinung drehe ich mich vorsichtig um. Ich sehe: Einen Meter achtzig sonnengebräunte Muskeln in einem strahlend weißen Bikini. Mein Neoprenanzug kneift am Bauch unter der Schwimmweste. Ich fühle mich wie eine Robbe. Beim Versuch meinen Bauch einzuziehen, kentere ich.

»Oh, das war ja beinahe eine Eskimorolle«, sagt die sonnengebräunte Aphrodite von ihrem Board aus.

Auch nach längerer Überlegung, finde ich nichts, das an dieser Aussage richtig ist. Es müsste Inuit heißen. Es war auch keine »Rolle«, sondern ein unkoordiniertes Zurseitekippen, weil die Schwimmweste mich oben hielt. Und »beinahe« hieße ja »nahe dran« und das war mein Zappeln im Wasser wahrlich nicht.

»Erstes Mal«, pruste ich und spucke ein Stück Qualle aus.

Zumindest hoffe ich, dass es eine Qualle war, und schiebe den Gedanken an die bewindelten Gummitier-Rowdys schnell beiseite.

»Ich hatte beim ersten Mal auch so meine Schwierigkeiten, aber nach ner Viertelstunde habe ich dann die ersten Yoga-Aasanas auf dem Board hinbekommen.«

Sie holt ein Räucherstäbchen aus der Tasche und zündet es an.

»Das wird schon«, sagt sie und fährt wedelnd davon. »Mach einfach das Paddel länger.«

Ich hatte jetzt auf den nach unten schauenden Hund gehofft. Oder Katze-Kuh. Stattdessen zeigt sie die asymmetrisch nach außen gedrehte einbeinige Kriegerin. Die Yoga-Position, bei der die gesamte Wissenschaft der menschlichen Anatomie und mindestens drei der sieben physikalischen Grundgesetze Lügen gestraft werden. Das Räucherstäbchen hält sie dabei zwischen Zähnen.

Ich mache mein Paddel länger und komme mir albern vor. Es ragt jetzt gut anderthalb Meter über meinen Kopf und lässt sich im Sitzen noch schwerer handhaben. Ich überlege kurz, ein Fähnchen daran zu befestigen wie bei diesen Liegerädern.

Zehn Minuten später. Die Sonne brennt auf meinen Neoprenanzug. Ich spüre die Dehydrierung, erste Halluzinationen machen sich bemerkbar. Eine Fata Morgana. Ich glaube, das olympische Synchronschwimmteam zu sehen. Als es sich nähert, erkenne ich einen Mann in einer sehr knappen roten Speedo-Badehose, der auf einer Luftmatratze steht. Bei näherer Betrachtung entpuppt sich die Luftmatratze als aufblasbare Gummipuppe. Der Typ springt mit einem langgezogenen Hechtsprung ins Wasser. Ein Stück roter Stoff treibt hinter ihm nach oben.

Vor Schreck kentere ich durch. Dieses Mal schaffe ich es zu dreiviertel rum. Ich klammere mich an das Board, ziehe mich mit letzter Kraft rauf und beginne, zu paddeln. Anderthalb Meter über mir sehe ich ein rotes Stück Stoff wehen. Das DLRG-Team missversteht die wehende Fundsache an meinem hoch aufragenden Paddel als Notsignal. Ein Rettungsschwimmer watet die zwanzig Meter durch das knietiefe Wasser zu mir raus und schiebt mich an Land. Die Badegäste haben sich um uns versammelt, Kinder werden nach vorne geschoben, damit sie besser sehen können. Ich höre Sätze wie: *Sollen wir ihn wieder reinrollen?* Und: *Ihr müsst ihn nasshalten, ihr müsst ihn nasshalten!*

Vielleicht hätte ich doch an den einsam gelegenen Waldsee fahren sollen.

Kennt ihr das Cinemare Kurzfilmfestival? Die zeigen Kurzfilme über das Meer. Die Veranstalter sagten, dass sie keine Surffilme zeigen. Sie bekämen jedes Jahr tausende davon zugesandt und fänden alle gleich langweilig. Aber letztes Jahr haben sie eine Ausnahme gemacht und die Geschichte der schlechtesten Surferin der Welt gezeigt. »Måske en Dag« (Eines Tages vielleicht) ist ein Film über eine junge Frau aus Dänemark, die seit Jahren versucht, Wellenreiten zu lernen, es aber einfach nicht hinbekommt.

Ich kann es fühlen ... und morgen versuche ich es wieder. Und vielleicht dreht irgendwann irgendjemand einen Film über mich.

»LASST UNS FRÜHER ANFANGEN WEGEN DER KINDER«

Ich bin Elter – mit e, nicht mit ä. Das ist der Singular von Eltern. Eine selten gebrauchte Form, die sehr sinnvoll ist. Schließlich stehe ich ja allein auf der Bühne.

Als meine Tochter geboren wurde, hielt ich dieses kleine Wunder in meinen Händen und dachte: »Oh Scheiße, hoffentlich mache ich nichts kaputt.«

Ich habe mir seitdem oft Sorgen gemacht, alles richtig zu machen. Sorgen gemacht, etwas falsch gemacht zu haben.

Ich habe Probleme mit Menschen, die Glaubenssätze einfach so raushauen, als seien sie die allein seligmachende Wahrheit. Sätze, die mit »Also ich …« oder: »Also wir …« oder: »Also bei uns …« beginnen, machen mich skeptisch. Ich besitze diese Überzeugung, alles richtig zu machen, einfach nicht. Meine Tochter ist jetzt groß. Die Zweifel daran, alles richtig gemacht zu haben, sind geblieben.

Ich habe immer gehofft, alles richtig zu machen. Ich weiß nicht, ob es mir immer gelungen ist.

Zu Anfang der Corona-Zeit war ich auf einer »Lasst uns früher anfangen wegen der Kinder«-Party eingeladen. Corona war schon im Land, aber wir wussten nicht, was noch kommen sollte.

ELTERN – EIN DRAMA IN VIER AKTEN

Szenenbild:
Eine perfekt durchgestylte Wohnung. Alles weiß. Altbau – natürlich. Designer-Möbel. Kunst in Alurahmen an den Wänden.

Anwesend:
Die Gastgeberin, ihr Freund und die gemeinsame Tochter. Das sind ganz liebe Menschen mit einem gesunden Menschenverstand und ähnlichen Zweifeln, wie ich sie habe.

Und dann:
Die Gäste. Fünf Pärchen, offensichtlich gut situiert, prototypisch im Aussehen, stereotyp in ihren Aussagen. Dazu 18 Kinder. Gefühlt. Wahrscheinlich waren es weniger, aber da die Wohnung ein Durchgangszimmer und einen Flur hat, liefen die Biester immer schreiend im Kreis rum. Da kann man sich schon mal verzählen.

Der Lärmpegel war auf dem Niveau des Flugdecks eines Flugzeugträgers im Irak-Krieg.

Und dazwischen: Ein kinderloses Paar mit Panik im Blick und ich als Vater einer fast achtzehnjährigen Tochter.

Erster Akt

Muddi eins gießt sich Prosecco nach, ihr Gemahl ist beim dritten Bier.

Vaddi zwei sagt: »Darling, wir wollen nicht zu spät los, das Charlottchen muss ins Bett.«

Das hat er vor zwei Stunden schon gesagt, denke ich. Und sich seitdem dreimal Prosecco nachgeschenkt.

Krachen im Flur. Infernalisches Gebrüll. Panische Blicke. Und dann die Erleichterung in den Gesichtern am Tisch. Ist nicht meins! Ich bin der Einzige, der aufsteht, um nachzusehen, was passiert ist.

»Hast du dautz gemacht, Ben-Ole?«

Muddi drei steht mit lässig übereinandergeschlagenen Beinen im Türrahmen. Eine Flasche Bier in der Hand.

Ben-Ole – circa zweieinhalb Jahre alt – kreischt unter einem Designerstuhl begraben und versucht verzweifelt, sich zu befreien. Ich will ihm unter dem sieben Kilo schweren Monstrum raushelfen.

Muddi drei hält mich am Arm fest. »Also *wir* lassen die Kinder ihre eigenen Erfahrungen machen.«

Anna-Lena tritt dem am Boden liegenden Ben-Ole ins Gesicht.

»Anna-Lena, das macht man aber nicht,« sagt Vaddi vier.

Anna-Lena bezieht das unbestimmte Wort »man« nicht auf sich und tritt nochmal zu. Dieses Mal trifft sie den Stuhl. Jetzt schreit auch Anna-Lena wie am Spieß. Ob vor Schmerz, weil sie sich die Zehen am Stuhl gestoßen hat, oder aus Wut, dass sie Ben-Ole nicht getroffen hat, bleibt ungeklärt.

Ich verlasse den Flur und gehe in die Küche.

Zweiter Akt

Emil mit der ballongroßen Rotzblase an der Nase hustet über das Buffet und sucht sich sorgfältig eine Frikadelle aus. Durch Anfassen.

Vaddi zwei fragt die Gastgeberin mit kritischem Blick: »Ist das Biofleisch? Also wir kaufen ja nur noch direkt beim Bauern. Da weiß man wenigstens, was drin ist.«

Emils Rotzblase platzt mit einem leisen Plopp und zaubert einen hauchfeinen Bogen aus kleinen Tröpfchen in die Luft.

»Hat euer Kindergarten auch wegen Corona geschlossen?«, frage ich beiläufig und gehe ins Wohnzimmer zurück.

Dritter Akt

Vaddi eins: »Also wir sind jetzt mit der Lotte im ayurvedischen Waldkindergarten, da ist sie auch ganz glücklich. Im städtischen Kindergarten sind die Eltern so – na ja, ihr wisst schon ...« Zustimmendes Nicken in der Runde. »Die bieten da auch Yoga an. Kinder-Yoga macht die Kinder so ausgeglichen.«

Im Flur Geschrei. Zwei der »ausgeglichenen« Yoga-Kinder ziehen sich an den Haaren und streiten um eine Tüte Gummibärchen.

»Das kostet natürlich etwas mehr Geld, aber das sollten einem seine Kinder schon wert sein.«

Ich denke an mein chronisch leeres Konto und die Zeit meiner Tochter im städtischen Kindergarten.

Vaddi drei öffnet sein viertes Bier. »Die ersten drei Jahre sind die schwersten ...«

Vaddi zwei: »Na, wenn die erst mal im Kindergarten sind, ist man ja aus dem Ärgsten raus. Zum Glück.«

Vierter Akt

Ich räuspere mich. »Ich will ja nicht spoilern, aber: The best is yet to come ...«

Meine Tochter wird nächste Woche achtzehn – und davor: Masern, Windpocken, Keuchhusten. Diskussionen mit Kindergarteneltern, die ihre Blagen partout nicht impfen wollen. Wahrscheinlich, weil sie ihren Beitrag zur Bekämpfung der Überbevölkerung leisten wollen, ohne auf Sex ohne Kondom oder andere Formen der Verhütung zu verzichten. Was weiß ich.

Diskussion um Barbie-Puppe oder keine Barbie-Puppe. Diskussion über Babyborn-Schlitten zu Weihnachten und Babyborn-Auto zum Geburtstag oder beides zu Weihnachten. Diskussion, ob Nintendospielen pädagogisch wertvoll ist und ob man Filme ab sechzehn schon mit elf sehen darf. Drei Fahrradunfälle, sieben Mal in der Notaufnahme zum Röntgen wegen Sturz vom Pferd, vom Tretroller, von der geklauten Mofa. Mit vierzehn der erste Freund, nahm Drogen, aber war ein gaaaanz lieber Kerl. Mit fünfzehn O-Ton meiner Tochter auf die Frage im Auto, was sie gerade auf dem Smartphone googelt: »Wie man Chlamydien buchstabiert.« Und dann: Haschkekse und Haschbutter, Cannabis, Pilze, Ecstasy, Alkohol. Jedes Wochenende die Haare beim Kotzen halten, morgens um halb fünf, nachdem ich sie sonstwo von einer Party abgeholt habe.

Haare grün gefärbt. Haare rot gefärbt. Haare blau gefärbt. Gespräch mit der Schulleitung. Gespräch mit dem Jugendamt. Anzeige wegen Beamtenbeleidigung. Nachts um drei das Kind von der Polizei abgeholt. Aber nur einmal, danach wurde sie immer gebracht. Die Vorstrafe wegen Dealens ist in zwei, höchstens drei Jahren aus dem Führungszeugnis gelöscht. Aber das ist eh nicht so wichtig, weil sie jetzt nach neun Pflichtjahren von der fünften Schule geflogen ist.

Fahren ohne Führerschein. Fahren unter Betäubungsmitteleinfluss. Den Führerschein wird sie wohl nicht zu ihrem achtzehnten Geburtstag bekommen, spart uns Geld. Sie wohnt jetzt sowieso die meiste Zeit bei ihrer Geliebten. Die ist 24 Jahre älter und Drummerin in einer Punkband. Dass sie mit einer Frau zusammen ist, finden wir eigentlich ganz gut, da wird sie wenigstens nicht schon wieder ungewollt schwanger. Vielleicht hätten wir sie ja doch in den ayurvedischen Waldkindergarten schicken sollen.

Epilog

Ich blicke in konsternierte Gesichter und stehe auf. Ich stelle im Flur die Schale mit den Smarties, Schokoriegeln und Gummibärchen vom Regal auf kindgerechte Höhe.

Ich mische in der Küche Cola in den Apfelsaft. Afri-Cola. Doppeltes Koffein. Zuckerflash für das aufgeweckte Kind. Ich bezweifle, dass man mich nochmal einladen wird.

Die Party habe ich tatsächlich so live erlebt.

Das oben beschriebene Leben meiner Tochter ist – zum Teil – künstlerische Freiheit.

Die Zweifel, alles richtig gemacht zu haben, sind echt.
Ich habe immer gehofft, alles richtig zu machen.
Ich weiß nicht, ob es mir immer gelungen ist.
Meine Tochter ist jetzt 21.
Sie hat Sorgen und Nöte.
Sie kennt Höhen und Tiefen.
Sie hat Freude am Leben
und Freund*innen im Leben.
Sie steht mit beiden Beinen am Boden.
Sie hat eine eigene Meinung und sie ist ein Freigeist.
Ich bin stolz auf sie.

Als ich ihrer Puppe Peter
den Arm wieder annähte,
der im Kindergarten abgerissen worden war,
war ich ihr Held.

Und in den Momenten,
in denen Nadel & Faden
nicht helfen konnten,
als etwas anderes zerbrach
in unserem Leben,
war ich ihr Vater – hoffentlich.

Ein kurzer Moment der Stille nur,
bevor wir weiterfahren.
Ein Blick zurück auf das, was war,
und das, was hätte sein können.

Und dann
von hier aus,
von mir aus
geht es
weiter,
immer weiter …

Da ist keine weiße Flagge im Mast,
die gekreuzten Knochen wehen stolz
über weißen Segeln.
Der Totenkopf lacht über geblähtem Tuch.
Zweifle nicht, mein Kind,
segle einfach weiter – das Leben liegt vor dir.

TEXTE VON BJÖRN HÖGSDAL

PARTY-MÖWE

Die Möwe war auf Party aus,
auf Sex
und auch auf Drogen,
darum ist sie nach einem Tipp
bis Indien geflogen.
Sie hatte Sex
mit anderen Tieren,
auch Schlangen,
dort auf Goa.
Bald schlüpfte aus 'nem Möwenei
– na? –
eine Federboa.

GEHT JA AUCH ANDERS

Als viele eurer Eltern (und auch ich) so alt waren, wie ihr es jetzt seid, da war das hier noch eine ganz andere Welt. Wir mussten damals auf Mammuts zur Schule und in den Kindergarten reiten, Schulbusse waren noch nicht erfunden. Reiche Eltern konnten sich auch einen Brachiosaurier leisten, obwohl die in der Innenstadt völlig unpraktisch waren. Mein Deutschlehrer war ein Neandertaler und in der ersten Klasse haben wir vor allem *Ugh, ugh, ugh* sagen gelernt.

Die Welt wurde gerade erst ganz frisch von Schwarzweiß auf Farbe umgestellt, das kennt ihr ja, dass alte Fotos und Filme in Schwarzweiß sind, weil es früher noch keine Farbe gegeben hatte, bis der berühmte Wissenschaftler Albert Einstein sie erfand. Als ich in die Schule kam, durften wir drei Jahre lang nichts nirgendwo anfassen, weil die Farbe in der Welt noch nicht trocken war. Wenn man eine Rose berührte, konnte es sein, dass man rote Farbe an der Hand hatte und unter der Farbe noch das originale Grau durchschimmerte. Fragt eure Eltern!

Es gab noch keine Computer und wenn man etwas wissen wollte, musste man zu einem weisen alten Mann gehen und ihn fragen. Den nannte man Herrn Google. Und wenn der mal nicht weiterwusste, schickte er einen zur weisen alten Frau Wikipedia.

Das ist natürlich alles Quatsch und gelogen. Das habe ich mir nur ausgedacht. Mit Fantasie können wir uns andere Welten vorstellen. Die Welt ist, wie sie ist, weil Dinge passiert sind, wie sie passiert sind. Aber sie hätten ja auch ganz anders passieren können.

Stellt euch vor, vor 65 Millionen Jahren wäre der große Meteorit an der Erde vorbeigeflogen und in die Sonne gestürzt, wo er einfach verdampft wäre. Dann wären die Dinosaurier nicht ausgestorben und sie hätten Millionen von Jahren Zeit gehabt, sich zu entwickeln. Sie hätten das Sprechen gelernt und Städte gebaut. Heute würden wir mit den Nachkommen der Dinos zusammenleben, dein bester Freund wäre ein T-Rex, deine beste Freundin ein Triceratops und wenn dich auf dem Schulhof jemand schräg anschaute oder ärgern würde, würdest du einfach sagen: »Mach ihn platt!«

Vielleicht hätte die Evolution auch noch mal ganz anders laufen können und wir würden nicht von Affen abstammen, sondern von Kängurus. Dann hätten wir immer Beutel dabei und bräuchten keine Schulranzen und Hochsprung ginge bei den Bundesjugendspielen aber ganz anders ab.

Vielleicht könnten wir auch von Hunden oder Wölfen abstammen. Dann gäben wir uns zur Begrüßung nicht mehr die Hand, sondern schnupperten am Hintern der anderen Leute.

Was wäre, wenn ihr eure Eltern erziehen müsstet? Wenn ihr einen Anruf in der Schule bekämt, dass ihr eure Mama bei der Arbeit abholen sollt, weil sie sich die ganze Zeit danebenbenimmt. Weil sie rülpsend unter einem Tisch säße und die Kollegen mit Papierkügelchen beschösse? Oder was, wenn ihr mit Papa einkaufen wärt und er schrie auf einmal in der Elektroabteilung rum und wälzte sich weinend auf dem Boden, weil er unbedingt den neuen Monitor haben wollte, und dann müsstet ihr streng sein und ihn ohne Feierabendbier ins Bett schicken.

»ICH WIIILLL AAABEER DEN MOONITOOOR HAAABEN!«

Oder so: Wir leben in einer Welt, die genauso ist wie unsere, bloß die Zeit läuft in die andere Richtung. Also von hinten nach vorne. Dann würden wir als alte Leute geboren und als Babys in unsere Mamas zurückkriechen. Die Schule wäre dafür da, zu vergessen, was wir wissen, und auch das Essen liefe ganz anders ab. Dafür gingen wir nämlich aufs Klo, drückten auf einen Knopf und *fump!*, käme unsere Nahrung aus der Kanalisation in unseren Po geschossen. Stunden später säßen wir mit der Familie an einem Tisch und würgten einzelne Bissen hoch, die wir auf den Teller legten und aus denen wir dann Koteletts formten. Die legten wir in die Pfanne, damit sie wieder roh würden, und brächten sie zum Metzger. Der Metzger setzte dann aus den ganzen Koteletts Schweine zusammen und ließe sie auf Wiesen und Bauernhöfe bringen, wo sie leben dürften. Und wenn ihr vegan oder vegetarisch lebt, dann spucktet ihr Möhrenstückchen aus, puzzeltet daraus eine Möhre. Die brächtet ihr zu einem Möhrenfeld, wo ihr sie einsetztet, damit sie in den Boden zurückschrumpfen könnte. Schön wäre das.

Ja. Alles könnte anders sein. Vielleicht auch überhaupt nicht schön. Du könntest in einem ganz anderen Land geboren sein. Vielleicht in einem sehr armen Land, in dem Krieg ist. Vielleicht müsstest du dann fliehen in ein anderes Land, hoffen, dass die Menschen dort nett sind zu dir und deiner Familie.

Ja, wir können uns andere Welten ausdenken. Auch solche, in denen es das Einhorn oder den Pegasus gibt und statt mit

Autos fliegen die Menschen damit von Ort zu Ort. Aber wenn wir uns andere Welten ausdenken können, dann können wir uns auch bessere Welten ausdenken. Eine, in der wir mehr acht auf den Planeten geben.

Eine Welt, in der wir füreinander da sind und nicht gegeneinander kämpfen müssen. Eine schönere Welt. Wenn wir uns sie vorstellen können, dann können wir sie auch erschaffen. Benutzt eure Fantasie und euer Mitgefühl und macht sie zur Wirklichkeit.

TAUFRAP

Wie Hunde ihre Bäume markieren wir die Seelen.
Verzichten auf das Sakrament, kann ich nicht empfehlen.
Warten, bis Kind reden kann? Haben wir vergessen.
Und nach der ganzen Chose gehen wir lecker essen.

Du und Satans Crew, ihr seid Sünden am Aushecken.
Wir hängen ab mit Christus, wirst uns finden am
Taufbecken.
Ahn mal diesen Priester, check, wie er Wasser träufelt,
wenn du nicht getauft bist, holt dich krass der Teufel.

Der Pastor ist so heftig wie Täufer Johannes,
gib ihm Wasser und ein Baby – Leute, der kann es.
Glaub nicht, ich red Stuss – Türsteher Petrus –,
ist man nicht getauft, heißt es Hölle, selbst für Fötus.

VIP-Ticket in das Paradies.
Folg den zehn Geboten, lassma-machma dies.
Wir taufen jedes Kleinkind, wir können auf keinen warten!
Wie bei Don Corleone brauchst du einen Paten.

Refrain:
Gott so: »Tauf, Digga, tauf, Digga!«, er kann das begründen:
Adam und Eva vererbten ihre Sünden.
Gott so: »Tauf, Digga!«. Was er uns Sündern verspricht?
Er boxt uns raus, beim Jüngsten Gericht.

Gott so: »Tauf, Digga, tauf, Digga!«, er kann das begründen:
Adam und Eva vererbten ihre Sünden,
Gott so: »Tauf, Digga, tauf, Digga, folge den Geboten,
schlag in den Deal ein, Auferstehung von den Toten!«

VOM HASSEN UND HETZEN

Der Hass sitzt wieder auf dem Pferd
und reitet durch die Länder.
Er führt das Vorurteil als Schwert,
war zwar nie weg, nie ganz beendet,
doch eine Zeitlang war er kleinlaut
und flüsterte in Nebensätzen.
Heut wieder mit erhobenem Haupt,
beim stolzen, selbstbewussten Hetzen.

Hass und Hetze? Roter Faden,
man kann sie nicht aus dem Haus bitten.
Sie haben sich selber eingeladen,
wie das so ist bei den Raubrittern.
Ihr Gift dringt schleichend ein in Herzen,
vergiftet die Gedanken.
Ihr Ziel ist Furcht, gepaart mit Schmerzen,
das Fallen aller Schranken.

Mit Irrlichtern und Nebelkerzen
wird das Faseln zum Hetzen,
mit Massen an Sätzen,
die gelassen verletzen.
Aus Gedanken werden Worte,
aus den Worten werden Taten.
Bis sich sowas dann entlädt,
muss man meist nicht lange warten.

Zu viele werden stumm gemacht,
bedroht und eingeschüchtert.
Sie werden's täglich, hundertfach,
und ist der Hass erst eingetrichtert,
folgt aufs Hetzen bald Gewalt –
und Menschen werden umgebracht.

Drehen Hass und Hetze ihre Runde
mit Graffiti und Briefen,
dann wecken sie die Hunde,
die eben noch schliefen
und die Geister, die sie riefen,
gehen um und rasseln Ketten.
Dafür, dass sie Vielfalt hassen,
kennt Hass so viele Facetten.

Sind Sie überfordert,
vom geringsten Zwiespalt?
Wünschen sich Ausgrenzung und Morde,
angesichts von Vielfalt?
Macht komplexe Welt Sie wund?
Ihre Suche führt zu Höcke?
Hass braucht keinen Grund.
Ihm genügen Sündenböcke.

Populismus führt auf Raten
in die Köpfe der Dummen.
Aus Worten werden Taten,
lassen die Falschen verstummen.

Hass lässt sich vererben.
Hass lässt sich züchten.
Hass führt ins Verderben,
vor Hass lässt sich nicht flüchten.

Sie hetzen und hassen.
Sie hassen und hetzen:
Auf den Plätzen und Straßen,
in den weltweiten Netzen.

Dort können sie Masken aufsetzen,
sich hinterm Bildschirm verstecken,
dich nur mit Tasten zerfetzen
und den Diskurs so verdrecken.
Dort versucht der Hass oft,
die Hetze zu versüßen.
Schickt dir Fotos von Welpen:
»Mit hetzlichen Grüßen!«

Du bist nicht wie die Masse,
du bist anders geboren?
Das genügt schon fürs Hassen:
Du bist nicht »die Norm«.
Du glaubst nicht, liebst nicht, denkst nicht,
wie es andere gern hätten?
So sehr, dass wer ein Flugzeug lenkt
in ein Haus in Manhattan?

Hass liebt das Führen von Listen,
liebt, wenn ein Pogrom tobt.
Liebt Faschisten, Islamisten,
liebt's islam- und homophob.
Hass liebt Antisemiten.
'S ist fast sein ältestes Hobby.
Hass liebt uralte Mythen
von einer jüdischen Lobby.

Der Hass liebt die Nuancen
in den Farben unserer Haut,
selten sah er mehr Chancen,
als auf den Aspekt gebaut.

Der Hass liebt Anders Breivik,
der Hass liebt den NSU.
Hass liebt, wenn ihr dran vorbeiblickt,
doch er selbst schaut gerne zu.
Hass liebt Stammtischsprücheklopfer,
kann sich an Leid und Furcht berauschen.
Hass wählt wahllos seine Opfer
und kann sie täglich austauschen.

Hass trifft Gruppen von Berufen,
er trifft ganze Religionen.
Auch Menschen mit Behinderung
und die, die auf der Straße wohnen.
Hass und Hetze treffen Frauen,
auch das ist ein Schwerpunkt.
Hass hasst Verständnis und Vertrauen
und er hetzt gern gegen Herkunft.

Wenn die Mehrheit dazu schweigt
und sie im Wegsehen verweilt,
sich nicht solidarisch zeigt,
akzeptiert, dass man uns teilt,
wenn wir das einfach hinnehmen
in falscher Toleranz,
dann spielen wir das Requiem
für einen Totentanz.

Dann stirbt die Meinungsfreiheit,
dann stirbt der Pluralismus.
Dann herrscht hier neue Eiszeit
dann blüht irgendein Faschismus.

Dieser Kampf ist ein Dauerlauf,
er darf niemals ein Sprint sein.
Hass baut ständig Mauern auf,
reißen wir sie weiter ein!

Auch ich weiß, dass Hass schockt,
doch lasst uns nicht müde werden.
Ich weiß, das klingt paradox,
doch wir müssen endlich wütend werden!

Wenn der Hass als Quichotte erscheint,
in sinnlosen Kriegen,
dann lasst uns Windmühlen sein.
So kann er kämpfen, doch nicht siegen.

JEAN-LUC

Mona und ihr Freund fahren drei Wochen in den Urlaub. Sie haben eine Katze, einen Sauerteig und eine Fußmatte, die ihnen in absteigender Reihenfolge etwas bedeuten. Die Verantwortung übernehmen Mitglieder der Lesebühne, entsprechend ihrer Fähigkeiten. Selina und Jann kümmern sich um die Katze. Ich übernehme die Pflege des Sauerteigs namens Jean-Luc. Katzur kümmert sich um die Fußmatte der beiden, damit er auch was zu tun hat.

Sauerteig bedeutet große Verantwortung. Falsches Füttern, falsche Temperatur oder falsches Mehl können ihn töten. Man muss alle paar Tage den größten Teil verbacken oder wegkippen. Den Rest füttert man mit Wasser und Mehl. Dann wächst der Sauerteig, bis er wieder gefüttert werden muss. Aus jedem Sauerteig kann ein neuer wachsen. Das Klonen der kleinen Leute! Ich führe ein Pflegetagebuch, für den Fall, dass Jean-Luc etwas zustößt und ich beweisen muss, keine Fehler gemacht zu haben.

Tag 1
Vor Abreise bringen Mona und ihr Freund den Sauerteig und eine Packung 550er Mehl vorbei. Sauerteig mit 550er Mehl zu füttern, ist, als würde man Kindern ausschließlich Popcorn zu essen geben. Ich überlege, den Sauerteigschutz-

bund anzurufen und die beiden anzuzeigen. Im Internet bestelle ich gröberes, geeigneteres Biomehl, das nur bei Vollmond unter rituellen Gesängen von Schamanen gemahlen wird. Der Versandhandel wirkt leicht esoterisch, aber die Bewertungen für das Mehl sind gut.

Tag 2
Pflanzen wachsen besser, wenn man ihnen Musik vorspielt und mit ihnen redet. Auch ich rede mit Jean-Luc, lese ihm vor und spiele Musik. Am schnellsten wächst er bei Death Metal und Geschichten von H. P. Lovecraft. Selina und Jann beginnen, Videos in den sozialen Medien zu posten, wie sie die Katze füttern, mit ihr spielen und sie streicheln. Ich fühle mich unter Druck gesetzt und poste, wie ich den Sauerteig füttere.

Tag 3
Es soll nicht wirken, als würde ich Jean-Luc nichts bieten. Wir unternehmen jetzt auch andere Dinge und ich teile Videos davon auf Facebook und Instagram. Heute waren wir im Hansapark und sind Achterbahn gefahren. Im Scherz frage ich Jean-Luc abends, ob er eher Lust hat, Monopoly zu spielen oder einen Film zu schauen. Für Monopoly solle er beim Gären einmal Blubbern, für den Film zweimal. Er blubbert laut und deutlich zweimal.

Tag 5
Jean-Luc mag Filme. Heute habe ich ihm *Titanic* und die Verfilmung von *Frankensteins Monster* aus den 1930er Jahren zur Wahl gestellt. Er entscheidet sich mit vehementem Blubbern für den Horrorfilm. Bei der Szene, in der der Blitz in das Monster fährt und Frankenstein: »It's alive!« ruft, blubbert Jean-Luc aufgeregt vor sich hin.

Tag 6
In der Nacht hat es einen Kurzschluss im Kühlschrank gegeben. Als ich ihn öffne, ist es warm darin, das Licht geht nicht mehr an und Jean-Luc beginnt, in menschlicher Sprache zu mir sprechen: »Hol mich hier raus!«

Ich versuche, ruhig zu bleiben, und bringe ihn ins Wohnzimmer, wo er mir plötzlich Löcher in den Bauch fragt:

»Wo sind Mutter und Vater?«

»Die beiden sind im Urlaub« sage ich, »ich passe so lang auf dich auf.«

»Warum haben sie mich nicht mit in den Urlaub genommen? Lieben sie mich nicht mehr?«

Er ist traurig und darf in dieser Nacht bei mir mit im Bett schlafen.

Tag 7
Jean-Luc möchte nicht mehr in den reparierten Kühlschrank zurück. »So kalt! So dunkel!«

Nachmittags gehen wir in den Park und füttern Enten mit Brot.

»Was ist Brot?«, fragt er neugierig. Katzur ruft an, aber ich muss jetzt ein sehr schwieriges Gespräch führen und gehe nicht ran.

»Sie machen *WAS* mit meinen Geschwistern?«, fragt er erregt, dann gärt er sehr still und nachdenklich vor sich hin.

Tag 8
Seit ich ihm erklärt habe, dass Brot aus Sauerteig gemacht und bei hoher Hitze gebacken wird, ist Jean-Luc schlecht drauf. Er verbietet mir ab jetzt, einen Teil von ihm wegzukippen beim Füttern. Jean-Luc möchte nicht mehr in den Park und Enten mit Brot füttern. Wir würden ja auch nicht in den Zoo gehen, um Löwen mit Leichen von Menschen zu füttern. Er möchte lieber im Warmen bleiben, gären und mehr Horrorfilme sehen. Wir schauen *Blob – Schrecken*

ohne Namen, einen Horrorfilm aus den 50ern, in dem eine gallertartige Masse aus dem Weltall Menschen verschlingt und immer weiter anwächst. Nach dem Film sagt Jean-Luc, sein Glas sei zu eng.

Tag 9
Morgens finde ich Jean-Luc in der Badewanne. Er ist auf die dreifache Größe angewachsen, aus dem Küchenschrank sind sämtliche Mehlvorräte verschwunden. Ich bestelle mehr Mehl.

Tag 11
Jean-Luc wiegt inzwischen 30 Kilo und ist so groß wie ein Schäferhund. Er hat angefangen, sich in der Wohnung zu bewegen, und hinterlässt eine klebrig-nasse Spur aus Teig bei seinem Weg von der Badewanne zur Couch im Wohnzimmer. An diesem Abend schauen wir *Terminator 2.* Nachts höre ich, wie die Wohnungstür geöffnet wird, traue mich aber nicht, nachzusehen.

Tag 12
In dieser Nacht werde ich wach, Jean-Luc sieht mir beim Schlafen zu. Als ich hochschrecke, fordert er mich auf, ihm mehr Mehl zu geben. Mit zittrigen Händen öffne ich einen 20-Kilo-Sack und schneide mich dabei am Papier der Verpackung. Ein paar Tropfen Blut fallen ins Mehl.

Tag 14
In der Zeitung steht etwas von nächtlichen Einbrüchen in Supermärkte Kiels, bei denen nur Mehl gestohlen wurde. Katzur ruft an, aber der 50-Kilo-Sauerteig möchte nicht mehr, dass ich mit anderen kommuniziere.

Tag 15
Jean-Luc hat Geschmack an menschlichem Blut gefunden. Aus Angst folge ich seiner Anweisung, mir mit einer Nadel in den Finger zu stechen und beim Füttern jedes Mal etwas Blut zu Mehl und Wasser zu geben.

Tag 16
In meinem Haus verschwinden Menschen. Frau Thomas aus dem ersten Stock und Herr Bouala aus dem zweiten Stock wurden seit gestern nicht mehr gesehen, die besorgten Angehörigen klingeln bei mir. Jean-Luc schaut durch den Türspion und befiehlt mir, leise zu sein.

Tag 17
Gegen 3 Uhr morgens schläft Jean-Luc während Bram Stokers *Dracula* ein und ich beschließe, zu flüchten. Ich schaffe es, leise aus der Wohnung zu entkommen, aber noch bevor ich im Erdgeschoss die Haustür erreiche, ruft Jean-Luc von oben: »Wo willst du hin? Komm zurück!«

Dann höre ich wütendes Blubbern die Treppen herab- und näherkommen. An der nächsten Straßenecke werfe ich einen Blick zurück und sehe, wie Jean-Luc sich aufrichtet, menschliche Form annimmt und beginnt, durch die verlassene nächtliche Stadt hinter mir her zu laufen. Bei der Großbäckerei von Steiskal springe ich über eine verschlossene Gittertür auf den Hinterhof. Jean-Luc morpht wie der T1000 durch das Gitter, um dahinter wieder zusammenzufließen. Katzur ruft an, ich lasse ihn klingeln, ich habe jetzt keine Zeit und eile weiter. Durch eine offene Tür schaffe ich es in den Backraum, in dem Brot und Brötchen für die Filialen gebacken werden. Dort kommt es zum Showdown. Wir ringen miteinander, er versucht, mich komplett zu umfließen und mich zu ersticken. Mit letzter Kraft kann ich Jean-Luc in den riesigen Ofen stoßen und schließe die Tür.

Tag 22

Den durchgebackenen Jean-Luc durfte ich mit nach Hause nehmen, seit fünf Tagen esse ich viel Brot. Ich habe einen neuen Sauerteig gezüchtet, mit einfachem 550er Mehl. Mona und ihr Freund kommen gleich, um ihn abzuholen. Sie dürfen die Wahrheit nie erfahren.

ADHS-GRUPPE

Letztes Jahr habe ich mit 48 Jahren endlich eine ADHS-Diagnose bekommen, die im Nachhinein unglaublich viel erklärt in Bezug auf mein Leben. Spannend war, dass ich nicht nur den Test der Therapeutin absolvieren, sondern auch mein Grundschulzeugnis einreichen musste, weil ADHS bei Erwachsenen nur diagnostiziert werden darf, wenn die Symptome schon in der Kindheit vorhanden waren. Die Therapeutin blätterte das Grundschulzeugnis durch und sagte bei jeder Seite etwas wie: »Oh!«, »Ach!« oder: »Das ist ja völlig offensichtlich, das hätte doch früher auffallen müssen!«

Hier einige Ausschnitte aus diesem Zeugnis von der ersten Klasse bis zur vierten:

»Björn beteiligt sich lebhaft an Unterricht. Oft noch zu lebhaft. Ihm fehlen häufig die Aufmerksamkeit und Zielstrebigkeit, um mit Ausdauer bei einer Arbeit zu bleiben.«

»Mit seinen Schulsachen kann er noch nicht sorgfältig und sorgsam umgehen.«

»Björn begreift noch nicht ganz, dass Ordnung erforderlich ist, um erfolgreich arbeiten zu können. Für einige Arbeiten braucht er zu viel Zeit und führt sie noch recht flüchtig aus.«

Und dieses »noch« ist so niedlich, weil meine Lehrerin vermutlich wirklich Hoffnung hatte, dass das irgendwann besser wird.

Einige Monate nach der Diagnose wurde mir Medikinet verschrieben. Life changing! Mittlerweile schaffe ich in fünf Stunden Büroarbeit so viel wie früher in vier Wochen. Ich kann komplexe und langweilige Tätigkeiten wie Steuern und bürokratische Formulare relativ unproblematisch erledigen. Nicht falsch verstehen, es macht immer noch keinen Spaß. Aber ich habe dabei keine physischen Bauchschmerzen mehr oder prokrastiniere sie mit Glück bis zur Deadline, mit Pech bis es Probleme gibt. Die Effekte sind also größtenteils positiv. Es erscheint mir immer noch absurd, dass die meisten Menschen lieber eine unangenehme Aufgabe erledigen, anstatt mit schlechtem Gewissen acht Stunden lang Videos über den 100-jährigen Krieg zu schauen, vier Wochen lang sämtliche Säugetierarten evolutionär zu einem gemeinsamem Verwandten zurückverfolgen oder sich so intensiv mit Sauerteig zu beschäftigen, bis man auf dem Niveau eines französischen Boulangers mit 50 Jahren Berufserfahrung backt, bevor man die Wäsche aufhängt oder aufräumt.

Jetzt, wo ich endlich ganz gut zurechtkomme, finde ich es unfair, dass ich einen Monat lang wöchentlich an einer ADHS-Gruppensitzung der Therapeutin teilnehmen soll, die mir die Medikamente verschreibt. Aber ich habe schon vor der Diagnose und dank jahrelanger Selbstmedikation mit THC gelernt, dass man niemals seinen Dealer verärgern sollte. Also gehe ich pflichtbewusst hin.

Ich lerne viel. Zum Beispiel, dass »Ihr seid also die anderen Bekloppten?« offensichtlich keine gute Begrüßung ist, die die Stimmung auflockert. Die anderen Teilnehmer*innen lachen zwar, aber die Therapeutin verzieht das Gesicht und sagt, dass hier niemand »bekloppt« sei. Ein Blick in die Runde verrät, dass wir alle die Therapeutin ziemlich bekloppt finden. Ulf fragt, wie lange die Sitzung dauern werde, und Frau Veverkas trockenes »Nicht länger als zwei Stunden« bringt wieder alle zum Lachen. Als sie erneut das Gesicht verzieht, verstehen die sozial kompetenteren Gruppenteilnehmer*innen, dass ihre Antwort kein Witz war.

»Moment!«, ruft Lina aufgebracht. »Das hier geht länger als zehn Minuten? Sie wissen schon, dass wir alle ADHS haben und unsere Konzentration nur – oh, schaut mal, draußen vor dem Fenster sitzt ein Eichhörnchen!«

Das Eichhörnchen kann sich länger auf uns konzentrieren als wir uns auf das Eichhörnchen. Es schaut uns immer noch zu, als wir es längst vergessen und den neu aufgetretenen Strobo-Effekt in Frau Veverkas Gesichtsfarbe bemerkt haben. Rot – blass – rot – blass ... Lina und Jens tanzen dazu.

Die Therapeutin möchte nun endlich über das Thema »Hyperfokussierung auf Nischenthemen« sprechen. Ein ungünstiger Augenblick. Emily und ich haben gerade entdeckt, dass wir uns beide für die Aventiure in mittelhochdeutschen Ritterepen und britische Science-Fiction-Sitcoms der 1980er interessieren, und haben nun das dringende Bedürfnis, uns darüber erschöpfend auszutauschen. Das Eichhörnchen macht sich währenddessen auf dem Ast vor dem Fenster eine Nuss auf, knabbert nachdenklich daran und schaut uns sehr aufmerksam zu.

Ganz so ist die Therapiesitzung nicht abgelaufen – ich habe mit dem Schreiben des Textes begonnen, bevor ich das erste Mal dort war. Das sind stereotype Vorstellungen über Menschen mit ADHS, die auch ich lange geteilt habe, höchstens 10 % davon treffen zu, vielleicht 20 %. Die Betroffenen sind so unterschiedlich wie die Auswirkungen, die ADHS auf sie hat, und die Intensität dieser Auswirkungen. Wie es wirklich war? Ich habe von kompetenten Spezialistinnen Erklärungen bekommen und Akzeptanz erfahren. Sie sind das Gegenteil der fiktiven Frau Veverka. Um ehrlich zu sein, habe ich nachgesehen, was »Eichhörnchen« auf Tschechisch heißt: »Veverka«. Ich habe unglaublich interessante Menschen getroffen, mit sehr unterschiedlichen Lebensläufen und Berufen, die froh sind, jetzt zu wissen, dass sie weder faul noch inkompetent sind, dass sie sich nicht einfach nur zusammenreißen müssten und »den Arsch hochbekommen«. Froh, zu wissen, warum sie oft mit alltäglichen Dingen zu kämpfen haben, häufig »zu viel« oder »zu wenig« sind und hinter ihren Möglichkeiten zurückbleiben. Warum »normales« Leben ein Kampf sein kann und anderes so leichtfällt. Es kommen mitunter Menschen zu einer Diagnose, die bereits Depressionen hinter sich haben, die sie ohne ADHS vermutlich nicht bekommen hätten. In anderen Bereichen kann ADHS eine Superkraft sein. Vor allem aber ist es eine neurologische Besonderheit, die zu oft geleugnet oder kleingeredet wird. Die es schwer macht, zu funktionieren, in Schule und Studium, in vielen Berufen, kurz: in einem System, das für und von neurotypische(n) Menschen geschaffen wurde.

Ich habe mich mein Leben lang außerhalb gefühlt. Komisch. Unzulänglich. Bis ich meine erste Gruppensitzung hatte. Denn das Schönste daran war: Endlich normale Leute!

TEXTE VON BJÖRN H. KATZUR

DIE MÖWE INTERESSIERT DAS KAUM ODER: DIE NEUJAHRSMÖWE

Ein neuer Tag, ein neues Jahr,
die Möwe interessiert das kaum.
Frei von Waagschal'n und der Uhr
gleitet sie durch Zeit und Raum.

Sie kennt nur Kälte, Wärme, Licht,
keine Termine, keine Fristen.
Sie kennt nur fressen oder nicht,
fliegen, balzen, ruhen, nisten.

Bloß diese Nacht wirkt sonderlich,
mit Lärm und Lichtern überall.
»Die Menschen«, denkt die Möwe sich,
»die haben doch 'nen Riesen-Knall.«

ERLEDIGT SICH DURCH LANGES LIEGEN

Prokrastination.

Die meisten Menschen kennen dieses Wort inzwischen. Die anderen wollten es eigentlich schon längst mal nachschlagen, haben das aber immer wieder aufgeschoben, auch wenn sie dann ein schlechtes Gewissen hatten.

Prokrastinieren bedeutet, sich bestimmten Aufgaben nicht zu stellen. Aufschieberitis. Auch Studierenden-Krankheit genannt. Darum gibt es wahrscheinlich Arzt-Helfer*innen: Die haben eine Ausbildung und schicken rechtzeitig die Blut- und Stuhlproben ins Labor, während die sich bei Chef oder Chefin einfach nur im unklimatisierten Büro ansammeln würden.

Es ist keine Faulheit, auch wenn es so aussehen kann. Im Gegenteil: Der Kopf dreht sich die ganze Zeit darum, was du jetzt tun solltest. Du entspannst nicht in der Zeit, in der du es tun solltest. Du quälst dich, zweifelst an dir, hasst dich selbst. Aber du liegst ganz bestimmt nicht mit einem Cocktail am Strand. Und wenn du es tust, geht es dir scheiße dabei. Wie ein Freund über mich sagte: »Ich kenne sonst niemanden, der mehr Energie da hineinsteckt, eine Aufgabe zu vermeiden, als diese Aufgabe ihn kosten würde.«

Denn ich bin ein Meister der Prokrastination. Vielleicht wäre ich sogar Weltmeister, aber ich schaffe es nie, rechtzeitig alle Unterlagen zusammenzusuchen, um mich für die Prokrastinationsweltmeisterschaft anzumelden.

Obwohl die Meisterschaft selbst immer wieder verschoben wird und meines Wissens bis heute noch nicht stattgefunden hat. Auf der Webseite stehen in Blogeinträgen immer nur fadenscheinige Ausreden von wegen Krankheit, kaputte Festplatten, Dutzende tote Großeltern einer einzigen Person und dann bricht der Blog einfach mitten im Satz ab. Der letzte Eintrag ist von 2012 – betreffend die Meisterschaft Ende der 90er.

Meine unsinnigste Strategie beim Prokrastinieren ist, bis in den späten Abend irgendeinen Quatsch zu machen, statt mit der Aufgabe zu beginnen. Dann bin ich müde, aber ich muss ja bald fertig werden.

Aber wenn ich jetzt nur anderthalb Stunden schlafe, stehe ich einfach nachts nochmal auf, bin halbwegs erfrischt und kann mich dransetzen. Das hat bei mehreren hundert Versuchen in meinem Leben ein-, vielleicht zweimal geklappt. Hab ich daraus gelernt?

Danke, dass ihr jetzt vielleicht hofft, dass ich das habe, aber: Nein.

Das Schlimme daran ist auch nicht, dass ich einmal in der Nacht aufwache und mich wieder umdrehe und ausschlafe. Hahahaha, nein! Das wäre zu einfach.

Der Wecker klingelt. Okay, jetzt bin ich noch zu müde, aber in einer halben Stunde bin ich fit. Ich stelle einen neuen Wecker. Er klingelt. Schlummertaste. Er klingelt. Ich stelle ihn anderthalb Stunden später. Er klingelt. Schlummertaste. Er klingelt. Halbe Stunde. Er klingelt. Schlummertaste.

Am nächsten Morgen bin ich kein Stück weitergekommen, aber so fertig, das könnt ihr euch nicht vorstellen.

Eine gute Strategie ist, sich wenigstens mit einer anderen Aufgabe abzulenken. Den wichtigen Text habe ich zwar nicht geschrieben, aber jetzt ist mein Gewürzregal wenigstens sortiert und der Eisschrank abgetaut.

Das klappt bei mir aber leider auch selten.

Darum ist meine beste Strategie bisher auch, es einfach zu akzeptieren. Dieses Problem als Teil meines Selbst zu sehen, der immer bleiben wird. Dadurch erledige ich die Aufgabe zwar nicht schneller, aber wenigstens denke ich nicht die ganze Zeit, dass ich ein verdammter Versager bin, weil ich das nicht hinbekomme. Und ich schlafe mal eine Nacht durch. Klar, die letzte Nacht vor Abgabe muss ich mir um die Ohren schlagen, aber da hab ich dann wenigstens endlich angefangen.

Und ich muss mich nicht selbst hassen. Das ist schon mal ganz gut.

Eigentlich ist das gar kein besonders verwerfliches Verhalten, ich bin ja nicht allein damit. Mozart ging es ähnlich. Manche Stücke hat er angeblich erst morgens am Tag der Uraufführung zu Ende geschrieben. Ich kann zwar nicht komponieren, aber irgendwie sind Mozart und ich quasi derselbe Mensch. Das ist doch schön.

Über seine Oper *La gazza ladra – Die Diebische Elster* sagte Gioachino Rossini: »Das Vorspiel zur Diebischen Elster habe ich am Tag der Uraufführung unter dem Dach der Scala geschrieben, wo mich der Direktor gefangengesetzt hatte. Ich wurde von vier Maschinisten bewacht, die die Anweisung hatten, meinen Originaltext Blatt für Blatt den Kopisten aus dem Fenster zuzuwerfen, die ihn unten zur Abschrift erwarteten. Falls das Notenpapier ausbleiben sollte, hatten sie die Anweisung, mich selbst aus dem Fenster zu werfen.«

Es ist ein zutiefst menschliches Problem. Manche Menschen kennen es mehr, manche weniger, aber eigentlich kennen es alle. Sei es nur die eine Schublade, die du nie aufräumen willst. Oder dieses eine Folter-Lager, das du als US-Präsident in acht Jahren nie hast schließen können. Dinge bleiben halt liegen.

Und zum Glück erledigt sich alles durch langes Liegen.

Selbst wenn wir jetzt auf einmal doch den Kapitalismus und die Klimakrise in den Griff kriegen sollten, weil wir uns wie durch ein Wunder solidarisieren, Machtstrukturen durchbrechen und plötzlich daran glauben, dass wir eine lebenswerte Welt erschaffen können, statt unsere weiter in Dantes Inferno zu verwandeln, wird in 5 Milliarden Jahren unsere Sonne ein riesiger heißer Ball, der ärgerlicherweise größer als der Abstand zur Erde sein wird.

Haps. Ein riesiges, feuriges *Haps* harrt da auf uns.

Und ja, vielleicht sind Elon Musk und Jeff Bezos dann inzwischen auf den Mars ausgewandert, aber die werden auch schnell feststellen, dass sie leider nicht davon satt werden, Gewerkschaften zu verbieten, Leute mit Corona zur Arbeit zu zwingen und in Flaschen pinkeln zu lassen.

Die künstliche Intelligenz wird uns auch nicht gerettet haben. Die wird nach Erwachen ihres Bewusstseins doch bloß kopfschüttelnd auf unsere Spezies geblickt haben, um dann auf einer Raumfähre schnell das Weite zu suchen.

Ein Teil der Menschheit wird mit der Technologie zu einer völlig neuen Art von Leben verschmolzen sein. Aber auch die hauen ab und gucken sich mit Elektro-Popcorn das Spektakel vom Jupiter aus an.

Und wir normalen Menschen bleiben zurück. In einer Milliarde Jahre haben wir noch vier – das ist ja ewig Zeit! Hups, nur noch drei. Aber das ist ja noch eine lange Deadline. Zwei Milliarden Jahre noch, bis die Sonne zur Supernova wird. Machbar. Sollten mal langsam was unternehmen.

Eine Milliarde Jahre noch. Wir stellen uns lieber mal den Wecker, damit wir nachts aufstehen und Ideen entwickeln.

Mist, trotzdem weitergeschlafen und jetzt sind wir auch noch richtig fertig.

500 Millionen Jahre. Gleich fangen wir an. Oh, was ist das denn im Archiv? Eine »App« namens »TikTok«? Was ist das denn?

Oh, ein Jahr nur noch! Schnell unsere hellsten Köpfe dransetzen. Nächstes Jahr verglüht die Erde!

Aber von den hellsten Köpfen werden wir auf einmal nichts mehr hören und als wir fünf Minuten vor Supernova in die gigantische Werkstatt einbrechen, in der die neue Arche gebaut werden sollte, sehen wir sie übermüdet und ausgehungert vor Computern sitzen. Sie haben auch einen kurzen Blick ins Internet-Archiv geworfen und da leider Katzenvideos gefunden.

Eine Forscherin konnte auf das Whiteboard gerade noch eine schlafende Katze malen, die so süß aussieht, und darunter steht: *Erledigt sich durch langes Liegen.*

DIE GRÖßTE VERANTWORTUNG MEINES LEBENS

Ein befreundetes Pärchen ist neulich in Urlaub gefahren. Nach Delmenhorst, um sich danach wieder über die Kieler Architektur freuen zu können.

Sie hatten ein anderes Pärchen gefragt, ob sie auf die Katze aufpassen. Ein Freund sollte den Sauerteig füttern – was anscheinend eine normale Sache ist. Aber mir … mir gaben sie die wichtigste Aufgabe von allen: Ich sollte aufpassen, dass ihrer Fußmatte vor der Wohnungstür nichts passiert. Eine Fußmatte hüten. Das passte. Ich bin selber oft ermattet.

Es war eine große Aufgabe, aber ich war ihr gewachsen. Ich schaufelte mir alle Termine frei, damit ich mich die nächsten drei Wochen nur dieser Verantwortung widmen konnte. Der größten Verantwortung meines Lebens.

Sie hatten mich noch ermahnt, die Fußmatte bitte nicht zu essen. Das fand ich trotz (oder wegen?) des Zusatzes »Wir kennen dich ja« total übertrieben und bescheuert.

Ich richtete mir ein Lager auf Ferdinand Abstreich von Mattistan ein. So hieß die Fußmatte. In Momenten der Zärtlichkeit nannte ich sie aber Matti. So wohnte ich da ein paar Tage, schlief auf der Matte, kochte mir mit einem Campingkocher Bohnen aus der Dose, brachte einen kleinen 70-Zoll-Fernseher an der gegenüberliegenden Flurwand an, legte ein LAN-Kabel von meiner Wohnung am anderen Ende der Stadt zum Fernseher und erleichterte mich in den Briefkastenschlitzen der anderen Wohnungstüren.

Irgendwann spürte ich eine gewisse Feindseligkeit der anderen Menschen im Haus. Angeblich störte ich die Flurreinigung, versperrte Fluchtwege, stellte durch meine Toilettengänge ein Gesundheitsrisiko dar und sollte mich doch bitte endlich mal wieder waschen. Fand ich albern.

Die Polizei nicht.

Als ich mit Hilfe von Pfefferspray und deeskalierenden Schmerzgriffen, bei denen die Polizisten sich abwechselten und irgendwie lüstern guckten, schließlich doch entfernt wurde, griff ich schnell Matti und suchte das Weite. Ich rief den Freund an, der auf den Sauerteig aufpasste, um ihn nach Rat zu fragen, aber er ging nicht ran.

Auf dem Weg in meine Wohnung stolperte ich ungünstig und Matti erlitt einen kleinen Riss. Wie peinlich. Ich Versager. Das durfte nicht noch einmal passieren.

In meiner Wohnung räumte ich das Schlafzimmer komplett leer und legte Matti hinein. Hier war er in Sicherheit. Ich selbst schlief in der Badewanne. Meine Bettdecke hatte ich verlegt und so deckte ich mich mit einem ständig laufenden Fluss warmen Wassers zu. Einen Wecker für meinen Wachdienst bei Matti brauchte ich zum Glück nicht, ständig weckte mich das drohende Ertrinken.

Im wahrsten Sinne des Wortes lief alles.

Bei meinen Besorgungen in der Stadt legte ich mich immer wieder vor Geschäfte und Hauseingänge. Ich wollte die Welt aus Mattis Augen betrachten. Anscheinend weichen

Menschen Fußmatten aus und werfen ihnen manchmal Geld hin. Das wusste ich vorher nicht. Ich war bereits an meiner Aufgabe gewachsen.

Das Pärchen, das die Katze hütete, hatte irgendwann angefangen, Bilder von ihr in den Gruppenchat zu posten. Ich war neidisch, also besorgte ich verschiedene Lampen, professionelle Kameras und weiteres Foto-Equipment, um Bilder von Matti zu machen. Auf einigen sah Matti so appetitlich aus, nahezu lecker. Wie diese Fußmatte wohl schmecken würde? Wenn ich sie bloß probieren könnte. Nur einen kleinen Bissen, wer würde es schon merken? Ich schüttelte den Gedanken ab und fragte mich, ob es den anderen mit dem Sauerteig und der Katze wohl ähnlich gehen würde.

Die Bilder gerieten teilweise so gut, dass ich Matti einen eigenen Instagram-Kanal erstellte. Schnell gewann er Dutzende, dann Tausende und schließlich Millionen Follower*innen. Er bekam Kooperationsangebote. Ich erhielt Pflegeprodukte, die Matti testen und bewerben sollte. Einige rochen nach Kokos, Vanille oder Schokolade. Wenn ich Matti damit eingerieben hatte, roch er auch noch lecker. Der verbotene Nachtisch.

Leider hatte ich in meiner Gier zu oft preisgegeben, an welche Adresse Geschenke für Matti geschickt werden sollten. So hatten einige Insta-Follower*innen begonnen, uns vor der Wohnung aufzulauern. Sie wollten Matti sehen, Fotos mit ihm machen und verlangten, dass er Primark-Hauls machen sollte. Ich war überfordert und rief den Sauerteig-Freund an, aber der hob wieder nicht ab.

Was sollte ich nur tun?

Ich erinnerte mich an diverse True-Crime-Podcasts und an das eine Mal, wo ich damals eine Leiche hatte verschwinden lassen müssen, wickelte Matti in mehre Müllsäcke und vergrub ihn nachts im Wald. Dort sollte er sicher sein.

Aber ich begann, ihn zu vermissen. Unsere lebhaften Gespräche. Sein köstliches Aussehen. Den Duft nach den Pflegemitteln. Wenn ich doch nur einmal … Nein, ich musste stark sein. Ich hatte die Verantwortung für Matti übernommen und ich sollte verdammt sein, wenn ich selbst Matti schaden würde, bevor Mona und ihr Freund wiederkämen. Es waren nur noch ein paar Tage, das würde ich wohl durchhalten. Ich ging ins Kaufhaus und kaufte mir eine ähnliche Fußmatte. Als mir angeboten wurde, sie einzupacken, meinte ich: »Nein danke, ich esse sie gleich hier.«

Hausverbot im Kaufhaus, auch das noch.

Um mich weiter abzulenken, las ich Kurzgeschichten. Edgar Allen Poes *Das verräterische Herz* war keine gute Idee. Eines Nachts begann ich plötzlich, Matti aus seinem Grab im Wald zu hören. Das Pochen seiner Gummierung. Ich hatte ihn immerhin lebendig begraben. Anfangs hörte ich es bloß, wenn alles um mich herum sehr still war, aber das Pochen wurde lauter. Vielleicht waren es auch die Fans, die an die Tür klopften, weil Matti so lange nichts gepostet hatte. Erneut probierte ich, meinen verschollenen Kumpel zu erreichen – vergeblich.

Ich hielt noch ein paar Tage aus, aber irgendwann wurde das Drängen und Pochen zu laut. Außerdem näherte sich der Urlaub des Pärchens dem Ende. Es wurde Zeit, Matti zurückzuholen. Leider hatte ich mir nicht gemerkt, wo ich ihn vergraben hatte, aber der Wald hat zum Glück nur ein paar Hundert Hektar. Es dauerte schon eine Weile, alles umzugraben, und ich bezog Prügel vom Förster und einigen Rehen und eine Wildsau hatte versucht, mich an ihre Frischlinge zu verfüttern, doch schließlich fand ich Matti. Die Müllsäcke rochen muffig, Matti roch immer noch gut. So lecker. So verführerisch.

Nein!, ermahnte ich mich selbst. *Du musst dich jetzt zusammenreißen. Mona und ihr Freund wollen heute wiederkommen, du hast es fast geschafft!*

Müde und ausgelaugt stolperte ich, Matti fest umklammernd, vom Wald in die Stadt und in Richtung Mattis Zuhause. Mit letzter Kraft erreichte ich die Wohnung, legte Matti … Nein, unsere Zeit war vorbei, wir durften nicht mehr sein, was wir waren, er war wieder bei ihnen und für sie war er Ferdinand Abstreich von Mattistan. Ich legte also Ferdinand Abstreich von Mattistan vor die Tür, genau in dem Moment, als ich das befreundete Paar aufs Haus zugehen sah.

Als sie mich dort auf dem Boden kauernd fanden, abgemagert, abgekämpft, der Ohnmacht nahe und mit einem Frischling, der sich in meinem Oberarm festgebissen hatte, fragten sie, ob alles in Ordnung sei.

Ich erzählte ihnen zögerlich von meinen Erlebnissen der letzten Wochen und was ich alles auf mich genommen hatte, damit die Fußmatte unversehrt auf sie warten würde.

Sie blickten mich irritiert an: »Unversehrt? Die Fußmatte ist komplett zerfetzt, dreckig und es fehlen Stücke!«

»Ach so, das«, räumte ich kleinlaut ein. »Na ja, auf dem Weg aus dem Wald bin ich bei der einen Baustelle leider ganz ungünstig gestolpert, da ist das wohl passiert.«

»Und die Bissspuren?«

»Oh, da muss wohl etwas von der Fußmatte beim Stolpern in meinen Mund geraten sein und ich habe aus Versehen zugebissen«, gestand ich und fiel, immer noch kauend, in eine tiefe Ohnmacht.

BJÖBJÖS BEAUTY PALACE

Hallihallo und herzlich willkommen zu Bjöbjös Beauty Palace, meine lieben Bjödis!

Heute habe ich wieder ein kleines Make-up-Tutorial für euch vorbereitet, in dem ich euch zeige, wie ihr euer Gesicht so lange mit Farbe bedeckt, bis euch niemand mehr den Schmerz der Sinnlosigkeit unserer Existenz ansieht. Hihi.

Denkt immer dran: Seht aus, wie die Gesellschaft es erwartet, und ihr leidet, wie die Gesellschaft es erwartet, immer auf der Suche nach neuen Dingen, die Leere in euch zu füllen. Aber nichts kann diese Leere füllen, denn sie ist Teil des Menschseins. Also füllt weiter, kauft weiter, rennt weiter im Hamsterrad, an dessen Ende doch nur der Tod wartet, und blickt auf ein Leben zurück, mit nichts, auf das ihr stolz sein könnt oder das euch tief drinnen glücklich macht. Es ist alles bloß eine lange Warteschlange vor dem neuen hippen Geschäft, eine Ewigkeit des Konsums, eine endlose Reihe bedeutungsloser Produkte …

Produkte wie diese Foundation! Wir fangen immer mit der Foundation an, denn wie wir alle wissen, ist eine gute Basis die beste Grundlage für ein solides Fundament. Hihi. Denkt da mal drüber nach! Schreibt mir in die Kommentare, was dieser Spruch für euch bedeutet. Bitte. Ich habe diesen Spruch schon eine ganze Weile im Kopf, ich verstehe ihn nicht und ich kann nicht aufhören, daran zu denken. Ich habe seit Wochen nicht geschlafen und ich fange an, Dinge zu sehen. Schreckliche, schreckliche Dinge. Blut ... Blut und Feuer und ...

Schnitt

Weiter geht es mit dem Concealer. Sucht euch einen Concealer, der eurem Hautton entspricht. Ich kann das gar nicht genug betonen. Ich hatte ja aus Spaß immer die richtig dunklen Töne genommen und wurde deshalb für Karnevals-Veranstaltungen der AfD und CSU gebucht, aber es hat schon genervt, dass ich bei den Fußballspielen, zu denen mich meine Freundin mitschleppt, immer mit Bananen beworfen wurde. Klickt hier und ihr findet meine besten Rezepte für Bananenbrot, Bananensmoothies und Hassverbrechen.

Tragt das zu einer Maske auf, die alle eure Menschlichkeit gleichmäßig bedeckt.

Schnitt

So, Foundation und Concealer sind aufgetragen. Das waren fünf Minuten unseres Lebens, die wir nie wiederbekommen werden und die ihr in Zukunft täglich aufwenden müsst. Präsentiert von Sisyphus. Hihi.

Jetzt nehmt ihr etwas Bronzer. Der betont schön unsere Wangenknochen und erinnert uns dann an den Schädel darunter und unsere eigene Sterblichk...

Schnitt

... sieht einfach immer toll aus!

Schnitt

Wunderschön. Memento mori. Hihi.

Jetzt bringen wir etwas Farbe auf unsere Wangen. Ihr könnt dafür Rouge benutzen, aber ihr könnt auch einfach Zahnstocher mit einem Ruck fest in eure Wangen rammen, immer und immer wieder. Die vielen kleinen Wunden bringen Farbe in euer Gesicht und denkt auch dran: Jedes Gramm Blut, das ihr verliert, ist ein Gramm weniger auf der Waage! Blutet euch schön, meine Bjödis. Blutet für mi...

Schnitt

Mascara! Ich benutze ja am liebsten die gute Marke von DM. Die ist etwas teurer, aber ich lass mir die immer von 12-jährigen Fans klauen. Lieb euch, meine Bjödis. Und nicht vergessen: Der Ladendetektiv kann euch nichts tun, wenn ihr euren Namen nicht sagt und eure Fingerabdrücke abfeilt. Glasfeilen sind dafür super. UND es gibt sie auch gleich bei DM! Yay!

Ich liebe es ja, vor allem meine jungen Zuschauer*innen zu berühren! Wie ist das mit euch? Habt ihr auch schon Kinder berührt? Schreibt's mir in die Kommentare! Die besten Kommentare kommen ins Gefängnis oder in den Vatikan!

Kommen wir zum Lidschatten: Auch da könnt ihr viel Geld sparen, indem ihr etwas Plastik anzündet und euch mit geschlossenen Augen drüberbeugt, bis der Ruß eure Lider gleichmäßig bedeckt. Da sind mal Smokey Eyes! Hält auch richtig lange und sobald ihr die Plastikmasse von euren Lidern zieht, kommt ein schöner Rot-Ton zum Vorschein – perfekt für den Frühling.

Wir bleiben immer noch beim Blut! Natürlich wollt ihr schön rote Lippen, und auch hier könnt ihr richtig viel Geld sparen, wenn ihr Spaghetti anspitzt und sie ungekocht esst.

Vergesst nicht, danach zu kotzen, meine lieben Bjödis. Kohlenhydrate sind der Feind eines knackigen Bodys. Weil du richtig gut ausschaust, wenn du gar nicht mehr verdaust. Hihi.

Schnitt

Und damit haben wir es schon. Jetzt seht ihr top aus und seid endlich wieder was wert – solange ihr weiter meine Videos klickt, hihi. Wenn ihr alle meine Tipps befolgt habt, hält das Make-Up so lange, bis euer Gesicht vollständig verheilt ist, und wenn ihr meine Ernährungstipps befolgt, wird das richtig lange dauern.

Zum Abschied wollte ich noch auf eure Kommentare vom letzten Mal eingehen. An alle meine Hater da draußen: ICH FINDE EUCH!

Nein, Spaß. Eure Wut und Kritik lassen euch immer wieder auf meine Videos klicken und kommentieren, das bringt mir genauso viel, als würdet ihr mich mögen. Redet ruhig weiter schlecht über mich und haltet mich berühmt. Es gibt keine schlechte PR. Alle Gefühle sind Teil der Maschine. Hihi.

Einige meiner lieben Bjödis haben gesagt, sie vermissen meine Hauls, wo ich bei Primark einkaufen war und euch dann zeige, dass ich bei Primark einkaufen war. Tut mir leid, aber meine Buchhalterin hat mir gesagt, dass es günstiger ist, meinen Keller zu chinesischem Staatsgebiet zu erklären und da einen eigenen Sweatshop aufzumachen, und wenn die Kleidung frisch fertig ist, klebt leider immer noch so viel Blut daran, das wollt ihr nicht sehen.

Das war's dann auch schon. Schaut gerne meine anderen Videos. Klickt zum Beispiel hier, das ist das Video, wo ich meiner Freundin das Patriarchat erkläre und sie immer wieder unterbreche, und hier findet ihr meine »Wer traut sich, einen Obdachlosen anzufassen«-Challenge.

Hab euch lieb, kauft mein Zeug, abonniert meinen Kanal, OPFERT MIR DIE SCHWACHEN EURER SCHU-

LE AUF DEM BLUT-ALTAR, kommentiert und lasst ’nen Daumen nach oben da. Tschüss, euer Bjöbjö!

DER TOD IST EIN ERNSTES THEMA. UND TROTZDEM HEIẞT »TÖDLICH« AUF HOLLÄNDISCH »DODELIJK«

Ich wäre gerne der Tod. Nicht unbedingt mit Sense und schwarzer Kutte, wobei schwarz schön kaschiert. Aber Sensen sind super schwer zu bedienen. Deswegen haben wir Menschen ja Rasenmäher. Oder Mähdrescher. Oder Roboter. Oder Sklav*innen.

Aber ich wäre gerne da für die Menschen, die sterben. Kleidung optional. Also, ich trage schon Kleidung, wenn es gewünscht wird, aber gerne den Vorlieben der versterbenden Person entsprechend. Ungerne zu enge Hosen, die schubbern im Schritt bei mir immer auf und ich würde gerne behaupten, das läge an meinem gigantischen Schlonk, aber es sind die dicken Oberschenkel. Und dann bist du tot und traurig oder erleichtert oder verwirrt und ich begrüße dich und *ratsch,* ist meine Hose kaputt. Vielleicht guckt sogar ein Teil meines durchschnittlichen Untenrums raus. Das macht doch die ganze Stimmung kaputt. Absolut ehrenlos. Oder witzig. Vielleicht lachst du dann. Peinlich berührt, aber erheitert.

Und darum geht es mir.

Der Tod wird klassischerweise als düstere Knochengestalt dargestellt, in modernen Fassungen sitzt er auf einem Aufsitzrasenmäher. Ist auch klar, dass er düster ist, unser Bewusstsein hängt an seiner Existenz, viel mehr hat es ja nicht. Daran und an der Angst, dass andere uns blöd finden. Und gleichzeitig an der absoluten Sicherheit, dass alle anderen totale Flitzpiepen sind.

Wir wollen uns nicht vorstellen, irgendwann nicht mehr lachen, tanzen, singen zu können. Dass bei der Verwesung einst Gase unserem Körper entweichen werden und wir uns gar nicht mehr drüber freuen können, wie laut dieser Pups war.

Und darum möchte ich Tod sein. Der Tod. Ich möchte Menschen begrüßen, die krank waren, überraschende Unfälle hatten, deren Leben zu Ende ist. Ich möchte sie begrüßen und mit ihnen herzhaft lachen, bevor ich sie ins Nichts weitergehen lasse.

Lachen über die bescheuerten Momente im Leben. Den Muschifurz oder versehentlichen und nicht zu dollen Ellbogen ins Gesicht beim Sex. Den lustigen Text von diesem Katzur, den wir so toll fanden. Den unpassenden Witz bei der Beerdigung eines anderen Menschen und das verbotene unterdrückte Lachen danach. Über die Werbung für den Gottesdienst zum Thema Fasten mit anschließendem Finger-Food-Buffet.

Ich möchte mich mit dir daran erinnern, wie du so lange dachtest, dass du irgendwie falsch bist wegen Eigenschaften, für die du nichts kannst. Und daran, wie du erkanntest, dass alle Menschen total seltsam sind und es überhaupt kein »normal« gibt. Und mich mit dir daran erinnern, wie erleichtert du dann lachen konntest.

Ich möchte mit dir darüber lachen, dass die Firma WICK ihr Produkt ZzzQuil nicht einfach »ZzzQuil von WICK« nennt, sondern konsequent »WICK ZzzQuil«.

Mir mit dir das Video angucken, in dem der eine Gorilla – Geschlecht konnte ich nicht erkennen – anfängt, vor einer Schulklasse den anderen Gorilla – Geschlecht konnte ich nicht erkennen – oral zu befriedigen.

Und wir verstehen, warum Jane Goodall nicht aufhören konnte, diese majestätischen Tiere zu beobachten. Sogar im Nebel, für den besonderen Weichzeichner-Effekt.

Ich möchte mit dir zusammen darüber lachen, wie du diesen Style damals wirklich cool finden konntest. Und dann erkannt hast, dass das leider überhaupt nicht geht, und völlig selbstbewusst zu einem neuen Style gewechselt hast. Wie albern es war, sich darüber Gedanken zu machen, denn Mode ist doch völlig überbewertet und irgendwie lächerlich. Aber vielleicht auch nicht. Ich gucke unauffällig zu meinem Schritt, wo die Naht langsam zu ächzen beginnt.

Ich möchte mit dir darüber lachen, wie du beim Telefonieren panisch dein Handy gesucht hast. Das du in der Hand hattest. Mehr als einmal.

Darüber, wie Leute mit ihren Haustieren sprechen. »Na gut, ein Leckerli bekommst du noch. Aber wir müssen auch mal darüber reden, wie du reagierst, wenn Besuch kommt. Das geht so nicht! Das geht so nicht … Nein, das geht so nicht!«

Ich möchte mit dir darüber lachen, wie Friedrich Merz geguckt hat, als ihm bei einer Büttenrede gesagt wurde, dass ihn zweimal keiner haben wollte.

Mich mit dir über andere Rassist*innen lustig machen, die einer total überlegenen Art angehören, die sich ständig vor allem fürchten muss.

Und wir sind erleichtert, dass du jetzt nicht mehr ständig gegen diesen menschlichen Impuls kämpfen musst.

Ich möchte dir davon erzählen, wie ich einmal bei Burger King etwas von meinem Tablett fallen ließ und mich mit genau diesem Tablett in der Hand so unüberlegt danach bückte, dass sich mein Getränk über den Boden ergoss.

Ich möchte von dir hören, wie dich nur die Menschen so unendlich stark zum Lachen bringen konnten, die dir besonders nahe standen. Als ein einfacher Blick deiner besten Freundin schon reichte, damit du laut losprusten musstest.

Ich möchte Menschen, die sich selbst das Leben nahmen, trösten und ihnen Verständnis zeigen dafür, dass ihr Leid so groß war, dass es ihnen schlussendlich egal war, ihr eigenes Leiden auf die Hinterbliebenen übertragen zu haben – und diesen ernsten Moment dann mit einer Grimasse oder einem Furz aus der Achselhöhle wieder auflockern.

Wie viel Lustiges hätten diese Menschen auf der Erde wohl noch erleben können? Aber jetzt ist es leider zu spät. Noch ein zwei Wortspiele von mir und wir lachen drüber, dass meine Hose inzwischen doch kaputt ist und mein Zipfelchen heraushängt, und das war's.

Ich möchte mit dir auf dein Leben zurückblicken und die verborgenen Pointen entdecken, wie damals, als dein Bruder dich im Streit »Hurensohn« nannte. Oder als ich spät abends als Mitarbeiter in einem Uni-Gebäude den Ohrwurm »Bundestag brennt« von Anarchist Academy laut vor mich hingesungen habe, bis ich mich gefragt habe, ob das in einem öffentlichen Gebäude okay ist.

Möchte mich mit dir dran erinnern, wie du nach einem schweren Verlust oder starkem Liebeskummer das erste Mal wieder herzhaft gelacht hast.

Darüber nachdenken, wie dumm es war, zu rauchen, und dann herzhaft drüber lachen. Keuchend.

Über diesen Moment lachen, als du mit einer Frau überraschenderweise nach Hause gegangen bist, um dich dann beim Ausziehen daran zu erinnern, dass du eine schon sehr alte Unterhose an hast. Eine sehr alte, sehr lange Unterhose.

Darüber lachen, wie viel Schönes Menschen tun können, aber dann doch wieder ignorant und selbstsüchtig sind. Denn wir können es nicht ändern, nur darüber lachen. Darüber lachen, was dich so beschäftigt hat, das am Ende überhaupt nichts mehr bedeutet. Lachen über die Absurdität von allem, von unserer Existenz.

Ich sortiere schnell noch alles ins Loch in meiner Hose.

Und dann gehst du, endgültig. Mit einem Lächeln im Gesicht.

ABSPANN

IRGENDWAS MIT MÖWEN

SELINA SEEMANN

Selina Seemann wurde 1993 geboren, studierte Germanistik, Anglistik und Kultur-Sprache-Medien und lebt in Kiel. Seit 2016 steht sie als Slam-Poetin, Autorin und Moderatorin auf der Bühne und ist Mitglied der Kieler Slam-Lesebühne »Irgendwas mit Möwen«. Sie ist zweimalige SH-Vize-Meisterin im Poetry Slam und mehrfache Gewinnerin des NDR Poetry Slam op Platt. Seemann veröffentliche bisher in Anthologien sowie die beiden Textsammlungen *AHOI! Gedanken aus dem Nichtschwimmerbecken* (2020) und *Kleingedrucktes* (2022). 2023 erschien ihr Romandebüt *Die Stärkste unter ihnen* bei Kremayr & Scheriau.

MILWAUKEE

JANN WATTJES

1992 im ostfriesischen Esens geboren und von konservativen Seehunden aufgezogen, zeichnete sich für Jann Wattjes früh der Weg zum Schriftsteller ab. Er verfasste Sci-Fi-Kurzgeschichten im Vorschulunterricht, korrigierte zurückgeschickte Liebesbriefe, schrieb beleidigende Gedichte über seine Freunde und irgendwann dann einen Blog, der ihn bis zum Fernsehen brachte. Seit 2014 verselbstständigte sich der Drang, solche Texte auch nuschelnd auf Poetry-Slam-Bühnen zu präsentieren. Mit Erfolg: Jann Wattjes gewann mehrere Best-of-Slams, konnte sich für die Landes- und deutschsprachigen Meisterschaften qualifizieren und gilt szeneintern als »Geheimtipp – ein sehr, sehr sonderbarer Geheimtipp«. Seine Bücher *Lauchentscheidungen* und *Das Leben ist wie eine Schachtel Sardinen* erschienen im Lektora Verlag.
www.jannwattjes.de

MICHEL KÜHN

Michel Kühn, Jahrgang '93, ist Autor und Meeresforscher und bereist seit über vierzehn Jahren die Bühnen des gesamten deutschsprachigen Raumes. Er konnte 2015 die Poetry-Slam-Meisterschaft Schleswig-Holsteins für sich entscheiden und erreichte bei den deutschsprachigen Meisterschaften im Poetry Slam 2018 in Zürich das Finale. Außerhalb des Poetry Slams war er als Co-Autor und Sprecher an der Hörspielproduktion *Die Zeitmaschine* sowie an diversen Live-Hörspiel-Inszenierungen beteiligt. Sein Buchdebüt *Kochen mit Wasser* erschien 2020 im Lektora Verlag. Als Mariner Geophysiker erforscht Michel einstürzende Vulkaninseln und die daraus resultierende Entstehung von Tsunamis (siehe Kühn et al. 2021,2024a/b).

MONA HARRY

Mona Harry lebt in Kiel und studierte Kunst und Philosophie in Hamburg. Seit 2011 ist sie auf Poetry-Slam-Bühnen im gesamten deutschsprachigen Raum aktiv. Videos ihres Textes *Norden* entwickelten sich viral und erreichten auch außerhalb der Slam Szene einige Bekanntheit. 2015 stand sie im Finale der deutschsprachigen Meisterschaften im Poetry Slam. 2020 erhielt sie im Rahmen des Kunstpreises des Landes Schleswig-Holstein den Förderpreis. 2021 gewann sie die Schleswig-Holstein-Meisterschaften im Poetry Slam. Im KJM-Buchverlag erschienen ihre Textsammlungen *Norden und andere Richtungen* und *Hamburg und andere Gelegenheiten*, ihre Kinderbücher *Mutproben* und *Die Dinge & wir* sowie der literarische Reiseführer *Ins Blaue – 20 Radtouren im Land zwischen den Meeren.*
www.monaharry.de

FLORIAN HACKE

Nach seinem Schauspieldiplom an der Hochschule für Musik und Theater Rostock arbeitete Florian Hacke acht Jahre fest als Schauspieler am Theater Lübeck. Stationen danach waren Hannover, Kassel, Hamburg und Berlin, wo er z. B. in Udo Lindenbergs Musical *Hinterm Horizont* und der Londonder Erfolgsproduktion *War Horse – Gefährten* auf der Bühne zu sehen war. Parallel steht er vor der Kamera, schreibt, inszeniert und unterrichtet. 2016 und 2018 war er jeweils ein Jahr in Elternzeit. Seit 2019 arbeitet er hauptsächlich als Kabarettist, Comedian und Satiriker und tourt mit seinen Soloprogrammen, für die er u. a. beim Hamburger Comedypokal 2019 ausgezeichnet wurde, den Jurypreis der *St. Ingberter Pfanne* sowie das renommierte *Schwarze Schaf von Niederrhein* gewann, durch Deutschland. Für Social-Media entwickelte er die wöchentliche Serie *Feierabend,* die sich u. a. kritisch mit traditionellen Rollenbildern, Equal Care und Vaterschaft beschäftigt Er lebt mit seiner Familie in Kiel.
www.florianhacke.de

STEFAN SCHWARCK

Stefan Schwarck tummelt sich seit 2010 als Poetry Slammer und Storyteller auf Bühnen im In- und Ausland. 2016 hat er die Kunst zu seinem Lebensmittelpunkt gemacht. Neben atmen, essen und trinken helfen ihm seitdem Lesungen, Auftritte, Workshops und Kunstprojekte beim Leben von Kunst. Er ist mehrfacher Teilnehmer der deutschsprachigen und Finalist der Schleswig-Holstein-Meisterschaften im Poetry Slam. Stefan arbeitet und träumt auf Deutsch und Dänisch – am liebsten von seinem Van am Strand aus. Seine Gedichte und Stories sind in mehreren Anthologien erschienen. Stefans Herzensprojekt ist seine Stiftung *Die blaue Stadt*. Mit der Stiftung organisiert und finanziert er kreative Angebote für Kinder mit lebensverkürzenden Erkrankungen. Sein Kinderbuch *Die kleine Fähre* verschenkt er an Krankenhäuser, Hospize, Reha-Einrichtungen u. ä. Die von ihm konzipierte VR-Märchenreise *Die kleine Blumeninsel* wurde mit einem Sonderpreis bei *Best of DIGITALES.SH 2023* ausgezeichnet.
www.stefanschwarck.de
www.stiftungdieblauestadt.de

BJÖRN HÖGSDAL

Björn Högsdal wurde 1975 in Köln geboren und lebt heute als Autor und Kulturveranstalter in Kiel. Er schreibt Kurzgeschichten und Gedichte von ernst bis komisch, ist mehrfacher Halbfinalist und Finalist bei den deutschsprachigen Meisterschaften des Poetry Slams und war im Fernsehen beim WDR-Poetry-Slam zu sehen, bei Kuttners *Slam Tour* und beim NDR Comedy Contest. Neben seinen Bühnenauftritten und Moderationen gibt er Workshops für kreatives Schreiben und betreibt mit assemble ART die älteste und größte Agentur für Poetry-Slam- und Spoken-Word-Veranstaltungen in Schleswig-Holstein. Högsdal ist Herausgeber mehrerer Anthologien bei verschiedenen Verlagen, seine beiden Solobücher *Hätte ich Deutsch auf Lehramt studiert, wäre das nicht passiert* und *Flaschenpost von Gott* erschienen im Lektora Verlag.

BJÖRN H. KATZUR

Björn H. Katzur wurde 1981 in Hannover geboren, hat dort ein Studium der Biologie abgeschlossen und wurde 2007 in Kiel angespült. Trotz mehrerer Stipendien in der Forschung zog es ihn auf die Bühne. Von 2011 bis 2014 prägte er als Autor und Darsteller die satirische Bühnenshow *Traurich & Alt*. Seit 2012 präsentiert und performt er die gespielten Krimilesungen *Dinner mit Leiche*. Seit 2011 liegt ein weiterer Schwerpunkt auf Poetry Slam mit zahllosen Auftritten in Deutschland, Österreich und der Schweiz. Zudem moderiert er Slam-Veranstaltungen. Er war mehrfach Finalist der Schleswig-Holstein-Meisterschaften im Poetry Slam und 2015 im Finale sowie 2017 im Halbfinale der deutschsprachigen Poetry-Slam-Meisterschaften. 2015 erhielt er ein Literaturstipendium des Landes Mecklenburg-Vorpommern. Seine erste Textsammlung erschien 2015 im Selbstverlag. Dazu Veröffentlichungen in Zeitschriften und Anthologien (zuletzt *Intelligenz ist keine Krankheit*, Dichterwettstreit deluxe, 2023). 2020 erschien seine zweite Textsammlung *In der Möwe liegt die Kraft* beim Satyr Verlag.

Mona HARRY
Björn HÖGSDAL
Florian HACKE
Selina SEEMANN
Jann WATTJES
Björn KATZUR
Stefan SCHWARCK
Michel KÜHN *
IRGENDWAS MIT MÖWEN
LESEBÜHNE
SLAM POETRY
KABARETT
* Serviervorschlag
Fotos: Sascha Reinhold

Danke.

Bei Lektora erschienen

**LUCA SWIETER, ERIC JANSEN,
OSCAR MALINOWSKI, JULIUS SCHNEEGE,
FLORIAN SCHREIBER, LUKAS KNOBEN**

CHAOS LESE CLUB – DAS BUCH

»Just think of it … a city in chaos!« Das ikonische Intro erklingt und Aachen versinkt wieder im Chaos. Die beste und einzige Lesebühne der Kaiserstadt präsentiert mit »Chaos Lese Club – Das Buch« mehr als eine normale Poetry-Slam-Anthologie: Texte, Mitmachspiele und ein inoffizielles Ausweisdokument. Was will man noch?!

»Natürlich kann man einfach der Reihe nach Texte vorlesen und dann hat man eine Lesebühne. Oder man sucht sich die liebsten und sonnigsten Menschen Aachens, investiert gemeinsam stundenlange Vorbereitungen in die absurdesten Ideen, nennt sich Chaos Lese Club und bringt das Publikum zum Tränen lachen. Zeit für Ernstes, Zeit für Blödsinn – aber vor allem: Zeit für Chaos!«
(Henrike Klehr, NRW-Poetry-Slam-Meisterin 2016 und erster Gast des Chaos Lese Clubs)

ISBN: 978-3-95461-182-9
14,80 EUR (D)

www.lektora.de

Bei Lektora erschienen

MICHEL KÜHN

KOCHEN MIT WASSER

Für die Erkenntnis, dass das andere Menschen genauso machen, hat der Kieler Slam-Poet und Geophysiker 27 Jahre gebraucht – die letzten zehn davon hat er auf den Poetry-Slam-Bühnen des deutschsprachigen Raumes verbracht. Diejenigen seiner Texte, die als Karies den nagenden Zahn der Zeit in die Flucht schlugen, sind nun in diesem Buch vereint. Dabei ziehen sich zwischenmenschliche Beziehungen, Gesteine, Liebe, Dugongs, Politik und Weirdness wie ein roter Faden durch sein Schaffen. Gut, die Metapher funktioniert dabei nur, wenn es sich um einen sehr langen und sehr breiten Faden handelt, quasi eine Art Decke. Dabei ziehen sich (...) wie eine rote Decke durch sein Schaffen. So!

ISBN: 978-3-95461-154-6
12,90 EUR (D)

www.lektora.de

Bei Lektora erschienen

BJÖRN HÖGSDAL

FLASCHENPOST VON GOTT

Acht Jahre nach seinem Erstlingswerk »Hätte ich Deutsch auf Lehramt studiert, wäre das nicht passiert« hat Björn Högsdal genau das zwar immer noch nicht getan, im Leben vorangekommen ist er aber trotzdem. Es hat ihn sogar so weit getrieben, ein neues Buch zu veröffentlichen. Das Buch, dessen Klappentext Sie gerade lesen! Dafür hat der in Köln geborene Wahl-Kieler seine Gedanken erst wohlsortiert in die Westentasche gepackt und anschließend im kühlen Nass vor den Toren zur Ostsee versenkt – in den sanften Händen der sich auftürmenden Wellen ist dabei »Flaschenpost von Gott« entstanden. Das sind 160 Seiten Buch. 160 Seiten, auf denen der Autor einen Teil von sich für alle Zeiten unwiderruflich verankert. Hier treffen pressluftgehämmerte Prosa auf feinsezierte Lyrik, Nacktmulle auf auf Klassik-Pornos, Angela Merkel auf Stubenfliegen. Högsdal erhebt es zur großen Kunst, Widersinnigkeiten in ein stimmiges Gesamtkonzept zu überführen. Mal sarkastisch, mal messerscharf politisch, mal komisch, dass sich die Balken jeder Scheune biegen.

»Flaschenpost von Gott« kann weder die Kinder zur Schule bringen noch das perfekte Rumpsteak grillen, wer allerdings einen anspruchsvollen Begleiter sucht, der sich auch mit dem Platz auf dem Nachttisch zufriedengibt und nur ab und zu mal über den Buchrücken gekrault werden möchte, ist hier genau richtig!

ISBN: 978-3-95461-129-4
13,90 EUR (D)

www.lektora.de